睁开双眼看世界

Open your eyes and see the world

陈凯 ◎ 著

台海出版社

图书在版编目（CIP）数据

睁开双眼看世界 / 陈凯著 . —北京：台海出版社，
2017.8

ISBN 978-7-5168-1502-1

Ⅰ.①睁…　Ⅱ.①陈…　Ⅲ.①散文集－中国－当代
Ⅳ.① I267

中国版本图书馆 CIP 数据核字（2017）第 176270 号

睁开双眼看世界

著　　者：陈　凯

责任编辑：高惠娟　贾凤华　　装帧设计：小　荷
策划编辑：陈慧文　　　　　　责任印制：蔡　旭

出版发行：台海出版社
地　　址：北京市东城区景山东街20号　邮政编码：100009
电　　话：010－64041652（发行，邮购）
传　　真：010－84045799（总编室）
网　　址：www.taimeng.org.cn/thcbs/default.htm
E－m a i l：thcbs@126.com

经　　销：全国各地新华书店
印　　刷：北京市玖仁伟业印刷有限公司
本书如有破损、缺页、装订错误，请与本社联系调换

开　　本：880×1230毫米　1/32
字　　数：116千字　　　　　　印　　张：6.5
版　　次：2017年9月第1版　　印　　次：2017年9月第1次印刷
书　　号：ISBN 978-7-5168-1502-1

定　　价：36.00元

人生就像坐飞机，不管飞得再高再远，重要的是安全到达。飞机也终究会着地，但那并不是终点，而是另一次的启航。

海拔 4718 米，我在西藏的纳木错，亲爱的你在哪里？

来我的怀里，或者让我住进你的胃里，唤醒沉睡的味蕾，与食物相濡以沫。其实我们爱的不仅是食物本身，也是那个愿意和你分享人生酸甜苦辣的人。

你们见证了我的青春，我因你们而感到骄傲。感谢乒乓球陪我走过的 20 年，你让我的生活变得精彩不凡。

　　生活不是付出了就一定会有回报，不是努力了就一定会有结果，有时候我们常常会被突如其来的变化，打得措手不及，但我们依然可以选择用微笑面对明天。

推荐序：睁开你的双眼，去看这个世界　01

自序：你们的陪伴是我最想留住的幸运　05

爱上星巴克的小资　01

刺猬和女人　05

城市印象　09

当吃货遇上美食　13

西方节日的盛行　19

手机控　23

过客　27

前任攻略　30

圈子　35

控制狂　39

为自己代言　42

顾客就是上帝？　45

那些异地恋教我们的事　49

小屏幕，大直播 55

偶像 60

改变 64

美的成长 67

现代爱情中的选择 70

含着金汤匙出生的孩子 76

中国好妹妹 83

留学梦 88

人在旅途 93

旧情人 96

西装控 99

那些关于坐飞机的事 102

角色的转变 108

乒坛李宇春 112

缘来真奇妙　　　　　　　120

马路上的弱者　　　　　　127

一山不容二虎？　　　　　133

权力的游戏　　　　　　　138

花瓶　　　　　　　　　　142

礼物　　　　　　　　　　146

论人生经验　　　　　　　150

悔棋　　　　　　　　　　153

专职作家　　　　　　　　157

晾衣的女子　　　　　　　160

相亲记　　　　　　　　　162

音乐的价值　　　　　　　168

游戏与生活　　　　　　　175

推荐序:
睁开你的双眼，去看这个世界

　　暌违两年有余，小友陈凯的新作《睁开双眼看世界》就要付梓，首先表示衷心祝贺。

　　有人说，现在是个浮躁和逐利的时代，高速发展的快节奏让许多年轻人感到生活和工作压力很大，不得不像狂奔的战马，在犹如战场的职场上拼杀，每日精疲力竭，无暇看书，更遑论写书，最多是读屏看微信，浏览心灵鸡汤类的文章，写写短信，从少年时代培养起来的情趣，青年时代立下的志向和理想，大都被滚滚红尘遮蔽，随风飘散而去。令人欣慰的是，总还有些年轻人咬定青山不放松，任尔东西南北风，抱着坚定的信念，一步一个脚印地向着心中的目标前进，去纵览属于奋斗者的旖旎风光，去拥抱属于自己的成功。青年作家陈凯无疑是他们中间优秀的一员，有追求，有理想，有情怀，在喧嚣和躁动的世界，开辟出一片属于自己的心灵绿洲。

陈凯说他喜欢文学创作，原因有三点：一是从小随做生意的父母到处漂泊的生活经历，为他积累了丰富的文学创作素材；二是写作能真实表达自己的心声，使他对文字的热衷胜过任何一种美食和其他爱好；三是他喜欢那种在文学创作中才能享受到的特有愉悦。有此三点，足以让他"睁开双眼看世界"，把心灵的每次悸动转化为优美的文字记录下来，呈现给喜欢他的读者。

说起他的爱好，那绝不是一般的水平。从小喜欢打乒乓球的陈凯，在家乡仙居中学读高中时，曾获得过全县中小学生乒乓球比赛高中组单打第一的成绩，在2013年云南省乒协举办的全省乒乓球比赛中，他和队友一路过关斩将，拿下了男团第一名的优异成绩，他因此获得了一级运动员证书，家乡人热情地给他冠以"仙居乒乓球小王子"的美名。对乒乓球的热爱并没有让他停下脚步，在2016年博乒网滨州赛区团体大奖赛中他收获了团体亚军。此外，他还持有国家二级人力资源管理师和三级心理咨询师证书，经商方面，目前他已成为昆明一家温泉酒店的股东和启动投资影城项目等。通过近年的努力，他收获了一个又一个的标签和头衔，但他说这只是一个开始，这位年仅27岁的青年试图将跨界进行到底。

丰富多彩的生活，紧张忙碌的工作，刚刚起步的事业，不但没有减弱陈凯对文学的热爱，反而成了他创作的源泉。如果说陈凯的第一本随笔集《邂逅青春》表达的是对青春的眷恋、迷茫乃至忧伤，那么这第二本杂文集则是他对社会的感知、感悟和评判。从陈凯的一篇篇美文中，读者可以看到他有一双善于观察的眼睛，有一个勤于思考的大脑，有一颗极为敏感的心灵，在一个个看似普通的小人物身上，在一件件极为平常的小事上，他都能够敏锐地捕捉到落笔点，铺陈开来，或叙事写人，见情见性，如《花瓶》《悔棋》《角色的转变》《控制狂》《礼物》《晒衣的女人》《偶像》《乒坛李宇春》《一山不容二虎》《中国好妹妹》《缘来真奇妙》；或感悟人生，借物抒怀，如《当吃货遇上美食》《论人生经验》《美的成长》《那些异地恋教我们的事》《前任攻略》《圈子》《人在旅途》《手机控》《音乐的价值》《刺猬和女人》《改变》《过客》《含着金汤匙出生的孩子》；或风花雪月，铺展风情，如《权力的游戏》《西方节日的盛行》《游戏与生活》《爱上星巴克的小资》《城市印象》《顾客就是上帝》《现代爱情中的选择》《相亲记》。无论写什么，看似随意，却都是有感而发，或讲明一个道理，或表明一个态度，或谈一点思考，不计篇幅长短，都有神韵暗含其中，读来令人拍案叫绝。

　　随笔讲究"三随"，即随手、随意、随便。随手就是随时随地写，无论遇到何人何事，见到何物何景，只要心灵有所触动，灵光乍现，就要马上记下来，以免灵感消失后追悔莫及；随意就是随心所欲地写，笔随心走，汪洋恣肆，天马行空，但前提是要围绕"文核"，不能跑题；随便就是不受格式、文体、篇幅限制，把人写清，把事讲明，把理说透，不凑字数，不穿靴戴帽，有自己独到之处即可。

按"三随"要求来看《睁开双眼看世界》，陈凯对这本杂文集的写作无疑是驾轻就熟的，文章行云流水，详略得当，辞畅意达，无可指摘。有道是百尺竿头更进一步，作品从文采精美、构思巧妙、题材涉猎等方面，似有提升空间。还望陈凯小友继续用生花妙笔，记录下通过自己的明眸看到的世界和感悟，为读者奉献出更多佳作。

胡绍祥

中国作家协会会员

中央歌剧院国家一级编剧

自序:
你们的陪伴是我最想留住的幸运

　　《邂逅青春》出版后我的生活开始有些不一样了,原本简单平凡的人生受到了很多人的关注。对于我的处女作的评价,有褒有贬,看法不一,我一并接受。有评价行云流水间沁出青春的气息,凝聚着理想的芬芳,点滴流露出城市喧嚣中的一缕清泉;有评价清新脱俗地对大自然进行了浓淡渲染,描绘了多姿多彩的青春岁月,是一本邂逅历练的青春故事集;有评价文笔略为青涩,文字虽优美,但内容缺乏故事性。有的朋友没有看过内容,因此并没有对这本作品做出评价,倒是对我本人做了一个评价,说我出生在一个富裕的家庭。我好奇询问何以见得,他做出了这样的解释:写书出书是有钱人做的事，一般人都为了生计忙得不可开交，谁有那闲情雅致搞那玩意。说得直白一点就是觉得我闲得慌，对于此见解，我竟不知如何回应。

我想不管是正面还是负面的评价，评价了就都意味着对我的关注，关注了就意味着他们有抽时间来了解过我或是我的作品。喜欢或者批评都说明它触动了兴奋点，所以我在这里向他们表示感谢。我能继续在写作这条路上行走下去，要感谢那些默默支持我的朋友，是他们给了我勇气和力量，因为他们的存在，我发现了自己在写作这条道路上的更多可能性，也希望日后能有更多好的作品来回馈他们。也谢谢那些提出中肯意见或负面评价的朋友，你们总是在我扬扬自得的时候给我浇一盆冷水，让我不再因为光环和赞扬而迷失方向。

对于写作这件事，我从来都是抱着学习和尊重的态度，有些人认为我出书是在玩票，是在满足自己成为作者的一种心愿。我想用这本书告诉他们，《邂逅青春》是我的第一部作品，但绝不会是最后一部。我热爱阅读，热爱写作，这些都是我生活的一部分，没有它们，我想我的生活会少了很多乐趣。

写作是一件孤独的事情，仿佛自己与自己的对话，但孤独其实并不可怕。可怕的是一个人是否有面对孤独的决心，好在我已经对这事习惯了。这本书的创作启发源于一位朋友对前作的评价，他说青春虽美好，但已经离他渐行渐远。青春是短暂的，但生活是漫长的，你能否写一本题材不分年龄阶段的书呢？因此我想到了用当下社会现象和热门话题作为题材来写，于是就有了这本《睁开双眼看世界》。如果一本书能建立作者与读者之间的桥梁，产生共鸣点，那它就是一本好作品。

当下的年轻人大都很浮躁，他们爱泡吧，沉迷于网络游戏，活在自己的世界里，缺少人与人之间的交流，外面的世界仿佛与他们无关，这并不是一个好的现象。当下的社会如此残酷，但人与人，人与社会之间的关系不应该变得冷漠。相比前几年我善于观察自己的内心，将自己的成长和变化通过文字表达出来。近两年更倾向去体验生活，留意生活中的点点滴滴，关心身边的人和事，也经常去一些未曾去过的地方旅行，看看外面的世界。工作很忙碌，即便如此每天还是要抽出时间去阅读、去写作、去审视自己的内心，把看书和写作真正地融入生活中。书籍对当下的很多年轻人来说认可度不高，并未做到成为他们生活中的一部分，在他们离开校园走向社会的那一刻，书籍就被打入了冷宫，装进了旧物收纳箱里。我能力有限，并不能改变什么，甚至有时候我都怀疑继续下去的意义。但好在坚持是一种信念，是融入血液里的，认准该坚持的东西继续下去就好了，结果本就不受控。

时间大步向前，距离前一本书的出版已有两年有余。我把这两年多的经历，以及我所看到的世界做了整理，执意让文字保持客观，竭力保持着真诚，并且愿意将他们一字一句地敲打下来。庆幸的是我仍具备这样的能力，并试图让自己变得更好。每一本书都是我的阶段性成长，对人生的一次总结，像功德圆满后的重生。但我依然相信下一本作品会更好，我身边每一个可爱的你会更好，这个世界也会更好。

　　想说却还没说的，还有很多。生活很忙碌，社会很现实，人们很孤独，但我依然在这里陪着你们，愿这些文字可以陪你们度过一个又一个漫漫长夜。也感谢我的人生有你们的出现，你们的一路陪伴是我最想留住的幸运。

爱上星巴克的小资

    星巴克是美国一家连锁咖啡公司，成立于 1971 年。现如今星巴克在全球范围内已经有近 22000 间店面，成为了全球最大的咖啡连锁店。它诞生于美国西雅图，靠咖啡豆起家，从来不打广告，凭着自身独特的经营理念和管理模式在近 20 年时间里一跃成为巨型连锁咖啡集团，其飞速发展的传奇让全球瞩目。

    随着中国经济的飞速发展和国际地位的日益崛起，中国市场已经成为世界上最耀眼的一颗明珠。星巴克看好中国市场的巨大潜力，立志于在中国长期发展。自 1998 年进入中国以来，星巴克已在大中华地区开设了 1500 余家门店。在一二线城市，你会发现星巴克遍布大部分的市中心、商业区、高端住宅。经过多年的市场培育，中国的消费者对咖啡的认可度也大大提升。为了加快在中国的扩张速度，星巴克又将目光瞄准在三四线城市。此举一方面是为了迎合消费市场的战略，另一方面是为了抢占更多的市场份额。在未来的5年，国内市场将增加1800多家门店，至此，星巴克将成为肯德基、麦当劳之后又一个在中国取得巨大成功的连锁品牌。

咖啡一词来源于希腊语"kaweh"，是热情和力量的意思。咖啡在中国传统百姓的心中曾经是西方人专属的饮品，他们对于咖啡的来源、制作工艺、功效都一无所知。对于咖啡的印象，他们大多用一个"苦"字就概括其全部，对咖啡的香醇和温润并没有太多的感受。偶尔需要加班或熬夜看球赛时，他们会选择喝从超市购买的速溶咖啡。只要撕开包装，将咖啡粉倒入杯中，冲上适量的热水，些许搅拌即可饮用，方便又省时。在传统老百姓心中喝咖啡是陌生的，小众的。特别是在中老年人的心目中，喝咖啡的地位远不及喝茶来得重要。

东边不亮西边亮，中老年人不热衷喝咖啡，但咖啡却开始俘获年轻人的心，其中小资者是该群体中的先驱者。何为小资？小资特指向往西方思想生活，追求内心体验，也追求物质和精神享受的年轻人。他们的职业一般为白领，在社会中有一定的地位和财富。对于西方国家的文化、教育、饮食、风土人情及生活方式，他们是完全接受的。他们会讲外语，会利用节假日去异国旅行。身为东方人的他们过着一种中西结合的生活。星巴克无论品牌宣传、价格定位、装修风格，还是咖啡品质都与小资们所追求的不谋而合。于是小资们成了星巴克的常客。定价在30元左右的一杯星巴克咖啡对于中老年人以及经济条件并不富裕的人们来说显得不值，他们打着内心的小算盘，想着30元可以买几斤肉，可以买多少生活用品，这笔钱用来买一杯咖啡显然过于奢侈。但对于白领们来说这就不是什么问题，他们凭着较高的文化素养、出色的工作能力获得丰厚的薪资待遇。他们努力工作就是为了让自己过上更有品质的生活，包括物质上的享受，也包括精神上的享受。

乐于分享的他们，在每次去星巴克的时候，都会拍照片或是把当下感触分享到自己的社交软件上。他们享受在星巴克咖啡店的时光，平时工作上的巨大压力在这里得到了释放。他们也享受小资者的身份，这样的身份推动着他们一直朝着自己想要的生活前进。香醇的咖啡，优雅的轻音乐，时尚的装修风格，舒适安逸的环境，一份愉悦的好心情，这样的搭配显得如此美好。在这群忠实顾客的推动下，摩卡、拿铁、焦糖玛奇朵、卡布奇诺这些种类的咖啡开始被大众熟知，咖啡杯上头戴皇冠、长发及腰，托着两条鱼尾的希腊神话中的女妖经常出现在微信朋友圈或是微博上，没错，这就是星巴克的标志性 logo。

可可、咖啡、茶并称为世界三大无酒精饮料。刺激兴奋的可可，浪漫浓郁的咖啡，自然清新的茶香，不同文化背景的人在饮品选择方面有着各具特色的偏好。对于陌生的事物，我们都应该去尝试一下，因为你无法预知下一秒钟是否会爱上它。随着近几年咖啡行业的快速发展，越来越多的咖啡品牌在国内市场拔地而起，比如 costa 咖啡、上岛咖啡、两岸咖啡、迪欧咖啡、太平洋咖啡等。咖啡业呈现出越来越多元化和包容的态势。

有人说咖啡就是人生，苦与甜都包含其中。如今人们对咖啡的追求已经不单单是味觉上的享受，而是一种感觉。你可以不是小资，但你却可以成为爱喝咖啡的人。

刺猬和女人

　　众所周知，动物是人类的朋友。爱养小动物的朋友常常被人评价说有爱心，他们把养宠物作为乐趣，每天和动物朝夕相处着，动物仿佛成为了他们的家人。那些喜欢动物却嫌养宠物麻烦的朋友呢，则常去动物园里看望它们。动物和人类相处久了，渐渐通起人性，那么人类会感染动物的习性吗？我想多少都会有吧，因为人是从动物进化而来的。

　　我们开始越来越多地拿动物去比喻人的性格习惯。比如我们会形容那些做事倔强、一根筋、不随和的人为牛脾气或像牛一样倔。我们会形容那些气势汹汹、刁蛮泼辣的女性为母老虎。其实外表强悍的母老虎，往往骨子里都有一颗善良的心。我们会形容那些晚上不想睡觉、喜欢熬夜的人为夜猫子。我们也会形容那些聪明有灵气的小朋友像猴子一样机灵。对于温柔可人的女性，我们会形容她像绵羊一样温顺。当然我们也会拿刺猬去形容一个人。

对于刺猬，我们日常生活中很难见到，大多时候了解它们都是在电视节目《动物世界》中。它们作为体长不过 25 厘米的小型哺乳动物，浑身布满短而密的刺。受惊时，它们把头朝腹面弯曲，身体蜷缩成一团，卷成如刺球状，包住头和四肢，浑身竖起棘刺，以保护自身。正因为这一身武器，刺猬才能在优胜劣汰的动物王国中立足。

那些像刺猬一样的人，尤以女性居多，她们总是敏感多疑，内心脆弱，害怕受伤，自我保护欲很强。刺猬的外衣是自我保护的工具，对于她们来说攻击别人、伤害别人并不是她们的本意。她们无意间的伤害只是正当防卫，或是为了自保，这样的为人处事方式多是害怕自己受伤害。即便你觉得貌似好接近，实际上还是与别人保持着一定距离，就像两条平行线，无限接近，却离相交还有距离。

拥有刺猬性格的小朋友可能是在单亲家庭环境中长大，抑或是有某种缺陷，他们害怕身边的小伙伴拿这些作为玩笑，嘲笑他。还有些小朋友则因为身体瘦弱、个头矮小而受到身边高大的小朋友的欺负。为了保护自己，他们开始变得不合群，与他人保持一定的距离，这样的方式确实收到了一定的效果，却让他们开始变得孤僻。朋友变少了，缺少了分享和倾诉的对象，又不知如何和父母沟通这些心事，于是喜欢把所有的心事藏在心里。这样的一套处理方式渐渐形成了自己的一套体系，伴随他们从未成年到成年。

刺猬性格的人对感情的忠诚度很高，他们是缺乏安全感的人，希望自己拿出 100% 的爱给予对方，也希望对方拿出同等的爱回馈。可是他们经常忘了恋爱中没有绝对的平等，两个人对彼此付出的爱无法拿容器测量出是否一样多。刺猬性格的人渴望得到爱情来弥补安全感的缺失，他们的渴望过于明显，以至于让另一半感受到了巨大的压力。这样的压力让原本轻松自在的恋爱氛围被破坏，于是另一半离他们而去。这样的结果让他们备受伤害，甚至让他们一度不再相信爱情。于是他们再一次把身体蜷缩成一团，浑身竖起坚硬的棘刺，只有这样他们才感到安全。他们用这个习惯性的方式疗伤，在没有更好的方法从脑海中产生时，之前惯用的方法就是最好的方法了。

刺猬性格的人很想谈一段不分手的恋爱，他们渴望自己的初恋就是和自己步入婚姻殿堂携手一生的人。可是，现实总是残酷的，恋爱带给人甜蜜的同时又可能会带给人伤害。与其沉浸在过去的伤痛中不能自拔，不如放下伤痛去迎接下一个拥抱。亲爱的刺猬们，你们知道吗？当你们收起坚硬的棘刺，去面对想去关爱而不想看你们受伤的人时，你们是多么的柔软而真实啊。在你们竖起坚硬的棘刺时，阻挡了那些伤害你们的人，也同样阻挡了那些试图对你们好的人。

如果你喜欢的人刚好是刺猬性格的人，请给予他们足够的时间疗伤和调整。他们并不是高傲，也不是冷血，他们只是比你的预想的慢热一点。

法国女作家妙莉叶·芭贝里的小说《刺猬的优雅》里有段话颇为经典：从外表看，她满身都是刺，是真正意义上的无坚不摧的堡垒，但我的直觉告诉我，从内在看，她不折不扣地和刺猬一样细腻。刺猬是一种伪装成懒洋洋样子的小动物，喜欢封闭自己在无人之境，却有着非凡的优雅。

如果你改变不了成为一只刺猬的命运，那么请不要做一只受伤的刺猬，做一只优雅的刺猬吧。

城市印象

每座大城市都拥有自己的味道，它们拥有小县城无可比拟的吸引力，美食、美景、美女，各种美轮番交替，美得让人头晕目眩。可揭开城市中美的面具，你看到的还是之前的印象吗？如果你问他人不喜欢城市的哪些方面，多数人的回答总是：

1. 交通拥堵。自驾车有时根本没法开，地铁在上下班高峰期根本挤不进去，即使挤进去了都不用扶手，你不用担心摔倒，因为四周全是人，连让你摔倒的空间都没有。

2. 房价高。对于刚来城市、处于起步阶段的人来说，租房子成了唯一的选择。当单身公寓租不起，你只能与别人合租。合租的最大麻烦在于卫生间是公用的。人有三急，有时你恨不得快速地冲进卫生间一屁股坐到抽水马桶时，你的室友却在恰然自得地洗着澡，嘴里还哼着小曲，你能怎么样？只能强忍着。好不容易你攒够了首付的钱，憧憬着未来的幸福生活，手里握着那张改变命运的银行卡，屁颠屁颠地走向某楼盘的售楼处时，才被告知房子又涨价了，卡里的钱还是没能追上首付的价格。高不成低不就之际，你搬进了刚租的单身公寓里。贫困是脱离了，小康生活却还在前方。

　　3. 就业竞争激烈。如今大城市最不缺的就是各种各样的人才了。人总希望有一个大的舞台让自己发光发亮，获得人生价值，城市无疑提供了这样的舞台和机会。对于一个大公司收入颇丰的好职位，你满怀信心，精神饱满地前去应聘，才发现有上百个人与你竞争这一职位。公司百里挑一，你却不是唯一。你之前积攒的信心在长龙般的应聘队伍中开始渐渐流失。你是否有一技之长，能否在人群中脱颖而出呢？越大的公司制度就越严格。倘若有一天，你依赖的闹钟因为电池没电了而没在规定的时间叫醒你，此时距离上班的时间还有一小时。按正常的交通方式搭乘地铁，你会迟到，迟到的话你将面临着要被扣 200 元作为处罚。从住所打车去往公司可以让你避免迟到的处罚，但要花上一百来块，这意味着你半天的工资就没有了。你会作何选择呢？

　　4. 生活节奏快。当清晨第一缕阳光射进房间，你就得起床穿衣、洗漱、出门，迎接新一天的工作。城市很大，路程很远，九点钟的上班时间，你却要六七点钟起来。做每件事都要按之前制订的进度表进行。有时候出门时间晚了，占用了你吃早餐的时间，你不得不在路边摊上买包子和煎饼，然后边走边吃。这样的生活节奏与小县城截然相反。同样的上班时间，你可以睡到八点出门，然后坐在早餐店里点一份热气腾腾的豆浆，配上金黄酥脆的油条。美好的一天从这样的早餐开始了。

5. 消费水平高。都说薪资待遇和消费水平成正比，在城市里工资待遇高，消费同样也高。外地人在城市里通过努力打拼，每个月拿到一万多的工资，打电话告知乡下的父母。父母十分自豪地告诉乡亲们自己的儿子有多么了不起，于是你成了乡里人的骄傲。风光背后，各种费用袭来，房租、水电、交通、通讯、餐费、交际等接踵而至，压得你喘不过气来。你一个月省吃俭用地攒了三四千块，可这距离攒够房子首付还差十万八千里呢？每当走过闹市区，琳琅满目的名牌与奢侈品让你眼花缭乱。你心动过，却不曾行动过。你曾在锃亮的橱窗前停下了脚步，欣赏着橱窗里的一切，仿佛在博物馆欣赏着艺术品，却从未勇敢地走进店门细细地欣赏它，哪怕只有一次。你从未因为不能拥有那件奢侈品而伤心难过，它们并不是你前进的阻力。相反地，它们像一盏明灯，指引着你朝更好的生活奋斗。你在心里默念了一遍：只要努力，爱情与面包都会有的。

印象中的城市，那是一个机遇和挑战并存的舞台。有多少有志青年带着憧憬和理想来，却带着失落和沮丧离开。原来那并不是他们的舞台。你从小县城来到大城市，通过自己的努力得到了自己想要的，获得了身边的人的尊重，但一路走来的艰辛，曾经试图逃离的灰心，小县城来的自卑感却无人得知。如今，你站稳了脚跟，你成为这个城市中的一员，你开始产生了归属感。原来你已经不是曾经的你，你和城市一起成长了。

印象中的城市诸味纷呈，就好比我们人生经历的酸甜苦辣，如果你的人生只有甜，岂不是太单调乏味了吗？

当吃货遇上美食

所谓吃货，多指喜欢吃各类美食的人，并对美食有一种独特的向往、追求，有品味的美食爱好者。吃货一词最早在 1991 年的某部电视剧的台词中出现，距离现在已有 20 多年的历史，那个年代并没有被传开，人们更倾向用"馋嘴""贪吃"等词语来形容有此类爱好的人。

吃货并不算网络文化的创造，但受益于网络时代的传播和共享。随着近几年微博这个强大平台的推波助澜，吃货一词开始被广大的美食爱好者广泛传播和使用，并在普通家庭的日常交流中也开始变得流行起来。很多人也自称和互称吃货，在他们看来有口福，爱吃并不是一件坏事，言语之中透露出些许自豪和成就感。21世纪以来，吃美食、看电影、旅行已成为年轻人最热门、最喜欢的三个兴趣爱好。

同为美食的爱好者，吃货区别于吃客和美食家。吃客本意为来饭馆吃饭的人，他们基本的需求就是吃饱饭，填饱肚子。因为身体是革命的本钱，只有吃饱了才有力气工作、干活，美食对于他们来说只是为了解决生理需求的粮食而已，并没有值得推敲、研究、回味的地方。而说起美食家大家也许会想到周星驰那部经典的美食电影《食神》，他们大多在烹饪大赛中担任评委或美食节目中传授做菜小窍门，传播和弘扬美食文化。美食家善于品评食物，善于对美食的色、香、味、形等方面提出专业独到的见解，并善于把美食推荐给吃货们的人，而且对于如何处理食材、烹饪技巧、造型摆盘皆有深刻理解的集大成者。吃美食对于他们来说更像是一份工作，一份责任，一次品鉴。吃惯无数山珍海味的美食家们自然对美食的要求高，这其中包括了食品的卫生、就餐环境、对健康的影响以及食材对人体的营养价值等等。因此我们就很难看到一群美食家围在一起吃着路边大排档，或是在一个弥漫着浓浓白烟的烧烤摊，喝着啤酒吃着串儿，美食就是他们的工作和专业技能。而吃货对于生活有着无限美好的向往，就餐环境并不是他们最看重的，他们更在意食物是否美味，对于美食，这类群体有着很强的战斗力。因此哪里都会看到吃货们的身影，他们既下得了路边大排档，也上得了米其林餐厅。美食对他们来说就是一种享受，一种热爱生活的方式，一种对于生活的态度。

美食种类繁多，五花八门，光在中国就有最具影响力和代表性的八大菜系。它们分别是鲁、川、粤、闽、苏、浙、湘、徽。每一种菜系都代表着一种地方文化，它们的烹调技艺各具风韵，其菜肴之特色也各有千秋，曾有人把"八大菜系"用拟人化的手法描绘为：苏、浙菜好比清秀素丽的江南美女；鲁、皖菜犹如古拙朴实的北方健汉；粤、闽菜宛如风流典雅的公子；川、湘菜就像内涵丰富充实、才艺满身的名士。不要以为中国只有这八种菜系，无论是每一座大城市，还是每一个小县城，都有着属于自己的地方特色风味小吃等待着你去品尝。

随着东西美食文化的大融合，以及世界美食文化的快速发展，越来越多的中国美食走出了国门，走向了世界。当然在国内很多的购物中心和商业街，我们也可以品尝到越来越多其他国家的特色美食，我们可以吃到日本的代表性美食拉面和寿司，可以吃到风靡韩国的烤肉和石锅拌饭，可以吃到西方国家人见人爱的西餐和牛排，当然也可以吃到东南亚地区颇具人气的咖喱系列美食和冬阴功汤。无论这些美食来自哪里，用何种食材，需要怎样的烹饪方法，只要你用心去品味，总有一款美食会征服你的胃，然后住进你的心里。

"民以食为天"，美食到底对我们有多大的吸引力呢？据说，2015年10月9日，武汉一位"吃货"为大闸蟹放弃跳楼。这样的新闻是不是让人又惊又喜呢？另一则事例是，我认识一个学妹，她在美国留学住的是寄宿家庭。刚去美国的时候，觉得那里的东西吃不惯，就自己在厨房做了一顿中餐，当时寄宿家庭那一家人都在，学妹就招呼他们一起吃，他们吃完饭后带着商量的口气和学妹说："我们只收你一半的房租，你每个星期给我们做两顿饭行吗？"没错，这一家子的老外已经彻底被中华美食的魅力所折服。世界之大，有美食的地方总会有吃货的身影。

　　好的美食总需要好的分享，除了拉上三五个亲朋好友这种分享形式外，吃货们总爱通过拍照的形式分享他们吃过的美食。美食上桌前，他们爱做的第一件事情并不是拿起筷子，准备开吃，而会选择打开手机，选择最佳角度，调整光线，把美食的最美的瞬间装进相册里。待酒足饭饱后，他们才会把美食的图片发到各种社交软件上，配图的时候总忘不了添加一些文字。有介绍这家餐厅店名和地址的；有介绍菜名和菜式口感的；也有分享吃完美食后的心情的。有一部分吃货总喜欢在夜深人静的时候把美食分享到朋友圈，这样的行为总会让那些禁受不了美食的诱惑又因为美食而导致身材发胖的女孩们又爱又恨，减肥计划会不会因此而泡汤呢？那就得看她们有多少的恒心和毅力了。有一些吃很多又拥有好身材的吃货们总喜欢在朋友圈无病呻吟地来一句：哎，怎么吃都吃不胖，好烦恼啊。这样的心情总会引起很多人的嫉妒和吐槽。

走过不少的路途，看过不少的风景，吃过不少的美食，当我们逐渐长大，当我们在外漂泊，最念念不忘依然是故乡的美食和小时候的味道。想到家乡那些颇具特色的美食时，很容易勾起那些已经被遗忘的往事，将那些事情串连起来，便发现一个曾经的自己。美食，是人最深的乡愁。一个人长大后，总有些滋味，只能停留在回忆里。无论去过多少的地方，吃过多少的美味佳肴，你最怀念的还是妈妈做的家常菜。因为时光将味道烙在了我们的味蕾上，随生而生，永不磨灭。

有本关于美食的书籍叫《唯爱与美食不可辜负》，书中讲述了那些与各类美食有关的故事，让我看到了女性对于生活、情感、人生的感悟和面对世界的勇气和执着，愿这本书可以带给那些在都市中被迫坚强成长的女性带来些许温暖。美食像是人生酸甜苦辣的见证者，是男女邂逅爱情的浪漫晚餐，或是给三年或四年的朝夕相处画上句号的毕业聚餐，是升官发财、分享成功喜悦的庆功宴，也是失业失恋后躺在家里吃着泡面的一个人的晚餐。它见证了我们从一座高峰掉入谷底，又从这个谷底登上另一座高峰。

来我的怀里，或者让我住进你的胃里，唤醒沉睡的味蕾，与食物相濡以沫。其实我们爱的不仅是食物本身，也是那个愿意和你分享人生酸甜苦辣的人。

西方节日的盛行

　　不知不觉，在中国开始盛行西方的节日，尤其以年轻人最为热衷。大家普遍认为东西方文化冲突在此刻变得不复存在。曾几何时，西方节日悄无声息地进入中国寻常老百姓的生活中。你可以选择不过这些节日，因为那是一个不同国度的文化，但你却无法忽视它们的存在。就这样，西方节日在国内变得流行起来。

　　从 2 月 14 日的情人节，到 4 月 1 日的愚人节，再到 5 月份第二个星期日的母亲节；下半年的主要节日有 6 月份第三个星期日的父亲节，10 月份最后一天的万圣节，到 12 月 25 日的圣诞节。西方节日以火箭般的速度出现在中国人的视野中，让每一个中国人去好奇，去发现，去了解，并试图把这些节日融入自己的生活中。西方节日进入中国后，渐渐占据了一定的地位，并开始冲击中国传统节日。

作为西方文化推动群体之一的年轻人，他们是一个国家的未来与希望，比较善于接受新鲜事物，并把新鲜事物作为一种流行与时尚。当年轻人发现这个新鲜事物时，他们会开始推崇和效仿。西方的节日有别于中国传统文化节日，这对年轻人来说新鲜、新奇、新潮，于是一大波的年轻人开始争相模仿。从这个角度来说，西方节日在中国的盛行，年轻人贡献了很大的力量。

西方节日在国内的盛行，为众多的商家带来了无限商机。玫瑰花，巧克力渐渐取代了曾经风靡一时的贺卡、玩偶。圣诞树、圣诞帽等周边产品成为圣诞节期间的畅销单品，西餐厅、咖啡馆成为追求浪漫人士的最佳场所。餐饮业也是不断地推陈出新，在某些特定时刻会紧紧抓住西方节日作为卖点，每年的情人节大餐和圣诞节大餐，会吸引很多追求浪漫的人士，就餐还需提前预订座位。

一个拥有五千年历史的国度，充满着厚重的文化底蕴，加之吸收了部分的西方文化后，显然更加具有吸引力与包容性。这样的多元化的国家自然吸引了越来越多的国外友人来到中国旅行、留学、定居、工作。学习普通话，了解中国历史，品尝中国八大菜系及地方小吃，参观中国名胜古迹，对于这些远道而来的朋友来说是件新奇而有意义的事情。

　　早年的时候，在中国看到很多国外友人，我们总会带着好奇的眼神多望望他们，仿佛在动物园里观赏那些奇珍异兽一样，视线无法被移开。因为他们的肤色、五官、语言都和我们不一样，一切都是那么的特别和新奇。如今，在中国的每一个角落，我们都能看到他们的身影，对于他们的出现，我们早已经见怪不怪了。他们有的是来旅行的，有的在国内某所高校留学，有的在国内找到了工作，也有的在中国安了家，与他们心爱的中国姑娘或小伙结成连理。他们虽然离开了自

己的家乡，但西方文化并不会渐行渐远，他们想吃的食物国内也都能吃到，他们说的语音我们也可以对答如流，他们想过的西方节日我们也在风靡，一切都是那么的契合。

西方节日的盛行带来了巨大的经济效益，使得东西方的文化差异越来越小，让我们的生活变得丰富多彩，也拉近了国内外人民的距离。在享受西方节日的同时，也需弘扬和继承中华民族的传统节日，我想这也是当下年轻人需要做的。

手机控

随着手机功能的越来越完善，外观越来越精美，它渐渐成了人们最亲密的小伙伴。智能手机的出现，改变了人们的生活，就像随身携带了一台袖珍型电脑，方便、快捷。按照很多人的话说，你可以一天不看电视，可以一天不用电脑，但不能一天不碰手机。如今，手机在人们心目中的地位可想而知了。

最早的时候，手机对人们的意义只是一台移动电话，我们通过手机可以联系到我们想联系的人。后来手机又多了发信息的功能，编辑一条信息，然后轻轻一按发送键，整个过程花费不到一分钟的时间。这样的速度让以前的写信忘尘莫及。现在的智能手机功能远不止如此，你可以看电影、玩游戏、导航、拍照片、上网浏览新闻、听音乐、看电子书，甚至本来要去银行办理的相关业务都可以在手机上操作完成。如果你想在手机购物，那么打开手机客户端，各种商品琳琅满目，一应俱全，选择我们想要的商品加入购物车，然后选择一种你方便的付款方式，就可以等着快递送货上门了。从大哥大手机到现在的苹果手机，我们见证了手机的快速发展，也见证了自己的成长。

当你置身公共场合，你会发现大家人手一部手机，正在使用它们的人随处可见，比如地铁上、公交车里、有休息椅子的地方或是公司办公室。等待的过程中，手机也成了人们消遣的最好方式，无论是等待上车还是等待到站，是等人还是等菜上桌，人们对手机的依赖真正做到了爱不释手。

记得有人和我说，我们的生活现在成了"双微时代"，微博和微信已经霸占了大多数年轻人的社交圈子。手机对人们生活的重要性不言而喻。设想一下，如果人的生活中没有了手机，你会有着怎样的感受呢？是对生活变得无所适从了，还是你的生活开始变得单调空虚了呢？

随着科技的发展，不得不说手机给我们的生活带来了很多方面的影响。

1.手机极大地便捷了我们的生活。它让我们的生活变得更高效、更简单。

2.手机更及时快速地满足人们对信息的需求。相比报纸、广播、电视媒体这些传统渠道获取信息的方式，手机的信息载体在信息传递上更方便、更快速、更直接。而和信息载体同样强悍的电脑相比，手机具有体积小、便于携带的优势。因此，上述这些优势使得通过手机上网的人数越来越多。

3.手机填补了时间碎片。在强调时间和效率的当下，越多的地理位置变动就会出现越零碎的时间。诸如，上下班的高峰时间、旅行候机、排队、餐厅等菜，甚至是上厕所的时候，通常被看做是无聊的垃圾时间。如何让这些无聊的垃圾时间变得充实而有意义呢？手机无疑很好地解决了这个问题。

对于生活而言，手机就像一把双刃剑，方便生活的同时也会带来一些不良的影响。频繁使用手机的人们被称作"手机控"，他们容易患上所谓的"手机综合症"。很多朋友可能会对"手机综合症"感到陌生，这是一种怎么样的症状呢？他们隔几分钟就会想要去看看手机是否有新信息或新电话，别人的手机响了就会急忙去翻看自己的手机。人变得异常敏感焦虑，久而久之就可能演变成轻度的神经衰弱，不仅对身体造成危害，还对日常生活工作造成了影响，身心俱疲。

听到身边有一帮朋友在讨论一个话题：手机是拉近还是疏远人

与人的距离呢？答案显而易见地分成了两派，双方僵持不下，各抒己见。正方的观点普遍认为手机彻底取代了以前的写信，缩短了等待回复的时间，让地域问题不再成为问题，我们可以通过手机短信、电话、手机QQ、微信等任意一种方式与对方取得联系。反方的观点普遍认为手机的产生多了许多低头族，大家交流沟通的次数变少了。手机可以让两个人的关系迅速升温，也会让两个人的关系因为手机中的第三者而出现危机，增加了更多不确定的因素。其实，两方的观点都有一定的道理，这个问题并没有标准答案，要看你从什么角度去看了。从空间上来说，手机确实拉近了人们的沟通距离；从情感上来说，手机疏远了人们的心理距离。

亲，你知道吗？世界上最遥远的距离不是异地，不是异国，而是我在你身边和你聊天，你却低着头忙着用手机和别人聊天。

过客

　　有人说：世间所有的相遇，都是久别重逢。你说我们的一生会遇见多少人？我不知道，不计其数吧，因为无法给出大概的区间。我们只是那七十亿分之一，我们渺小得可以忽略不计。仿佛就像汪洋大海中的一条鱼，你有属于自己的一个位置，但也仅仅是那个位置而已。

　　无意中翻出学生时代的毕业照，小学毕业时那一张张真挚纯真的脸庞让人眼前一亮。整齐的班级队伍中，有一些还能叫出名字，有一些还有点印象，还有一些已经变成"最熟悉的陌生人"。想来这些"老朋友"已经十多年未曾见面了，不见面的时间或许以后会持续更久。直到最后记忆中的他们被彻底遗忘，最终沦为过客。

何为同学？那是曾经在同一时间在一起学习过的人。散文家席慕蓉是这么介绍的：好多不同个性的人，从不同的地方走过来，只为了在三年或者五年中共用一间教室，共用一张桌子，共读一本书，一起在一个天气好的下午，为了一句会心的话，哄然地笑一次，然后，再逐渐地分开，逐渐走向不同的地方，逐渐走向不同的命运；"同学"是不是就是如此了呢？从这个角度来说，那些曾经与你朝夕相处的小伙伴们，也是你人生的过客，言语之中透露着丝丝的无奈。

有时人与人之间的缘分注定是短暂的。还记得那些与你在同家影城，相同的时间段观看同部电影的影迷吗？还记得那些与你参加同一个旅行团乘坐同一辆旅游大巴的驴友们吗？还记得那些与你在同家餐厅与你比肩而坐的吃货们吗？还记得那些与你压马路时擦肩而过的俊男美女们吗？对大多数人来说，即使有幸能第二次相遇，彼此也未必有丝毫的印象，仅仅也只是第二次擦肩而过的过客罢了。

想起之前在书中看到这样一段文字：我相信人是过于渺小的，比起这个过于广大的世界而言。面对的是一颗自转需要 23 时 49 分 59 秒的宇宙中的星球。但即便这样渺小的脚步，也希望自己可以走得更远一点，遇见从没想过会碰面并再也不会相逢的面孔。对我而言是这样，而我也同样会是他们从没有想过会遇见并再也不会遇见的人吧。

在曾经的某一段时间里，我曾在你的生命中停留过，你也曾在我的世界里暂住过。虽然只能过客般地相识，但却留下了瞬间如烟花般的精彩。

每个人或许都会遇见这样的一个人，他只是经过你的身旁，你知道他不会走进你的生活里，却因为一句话或是一个举动给了你一点启发、一种力量、一份温暖。在你人生低谷的时候，在你需要力量的时候，有个人出现，那么请谢谢他，尽管他听不到你答谢的声音，尽管不知道他现在身在何方，都感谢曾经遇见他。

如果我恰好路过你的身旁，做了一些力所能及的小事，给了你一点力量，那么也不需要客气。

世界之大，我们注定不能和每个人都成为朋友。你不必太过遗憾，也不必太过悲伤。你拥有亲情、友情和爱情，你的人生已经足够完美，并无缺失。就让那些过客与你擦肩而过，而后将那份短暂的相识停留在你的记忆中吧。

我想相识注定是缘分，相知注定是命运，相伴注定是天意。就让过客般的我们，过客般地从彼此的世界里走过，只留下一路浅浅的脚印吧。

前任攻略

如果你的初恋对象就是你的现任，此刻的你们恋情稳定，那么恭喜你，你的人生里没有前任，至少目前是没有的。恋爱就像人生的一门必修课，有的人是自学成才，有的人则是在交往、分手、总结中不断地成长、成熟。

在你花容月貌、有很多资本来选择的年纪，你像登上了一列没有目的地的火车。沿途有很多的风景，你逐一欣赏，将所有的美丽尽收眼底。你也曾经下车顿足，呼吸过这里的空气，感受过这里的氛围。你发现自己是喜欢这里的，但你却更期待下一站的风景，因为你的心里有个声音在告诉你下一站更精彩。

所以常常听到有男生在发表爱情观时信誓旦旦地说，恋爱就是在一段又一段的感情中成长成熟起来的，失败的恋情只是为了明天的成功，不多和一些不同类型的女孩子接触和相处，怎么会知道哪一种类型的女孩子更适合自己呢？话虽如此，但这样的观点通常会被众多女性冠以花心的帽子。在这里我想为男同胞们发声，花心并不是男同胞的代名词，花心其实和性别并无太大的关系，关键在于你是否有颗想花心的心。

　　我想花心与不花心区别在于，一个总在寻找更好的，另一个却觉得当下的一切就是最好的。至于人为什么会花心，用经济学的理论很容易解释这个问题，那就是边际效用递减。什么是边际效用递减呢？就是说一样东西当你拥有得越多的时候，对你的作用就越小。比方说你饿了，吃第一个包子非常香，第二个很香，第三个还可以，第四个饱了，第五个吃不下，第六个看见就烦！也就是说第六个包子的作用为零甚至为负。相处得长久的情侣们之间的新鲜感和饥饿感在减少，如何延长恋爱之中的生命力，成了众多情侣们不得不面对的一个课题。

　　在老一辈人的眼中，坏了的东西是可以修的，而对于现在的年轻一代来说，东西坏了就应该换。对于你的前任男（女）朋友，你的心里如何安放的？我想大部分人会选择淡忘，然后将记忆中最美好的回忆藏在心里。如果你放下了，你会渐渐释怀，即使有缘再次见到也不会觉得尴尬。你会保留两个人在一起时那些具有纪念意义的物品，但不会带在身边，也不会经常拿出来看。两个人不再是恋人，当然也不会成为仇人，两个人更像是最熟悉的陌生人。

分手后，你可以和前任成为朋友吗？大部分的人都是不可以的。对于这样一段逝去的感情，其中掺杂着太多的情绪，那里面有爱，有恨，有伤心，有不甘，有痛苦，有怀念，有后悔，有失望。只有在一起时爱得不深或分手后两个人都放下了，并且各自都找到新的归宿，才有做朋友的可能，因为已经无关痛痒了。如果你对深爱的那个人还没有放下，他的未来你又无法参与，即使勉强做了朋友，你可以眼睁睁地看着他与别人牵手共度一生吗？

有些恋人，彼此都还有爱，但相处过程中遇到了矛盾和问题。于是他们选择暂时分开，给彼此一些思考的空间。他们偶有联系，他们有时会选择一段新恋情来考验前任，然后看看前任是否有危机感，是否会加速对方思考的时间，前任是否会跑来求复合。有的人会在与现任情侣的相处中疗着上一段的情伤，同时在思考着与前任的路何去何从。现任以为这是一段不分手的恋爱，却未曾知道自己只是另一半和她前任的感情试金石。感情比想像中更加的脆弱不堪，到时候自己全心全意地付出，却被对方一句我觉得你很好，但感觉我们并不合适之类的理由打发，这样的结果想必会很受伤吧。所以在恋爱中我们要做对方心目中的唯一，不做另一半心中的替代品。

我们总会不自觉地拿正拥有和失去的进行对比，拿现任与前任进行对比。因为爱就像一道太难的选择题，我们总在不断确认自己是否做了一个正确的选择。而对于现任女友来说，前女友是她们心中的一个疙瘩，她们视前女友为爱情道路上的头号大敌，缺乏安全感的女生总害怕前女友一哭二闹三上吊地卷土重来，因此她们会乐此不疲地关注着前女友的动向，一场没有硝烟的爱情保卫战由此展开。

　　一个没有自信的女生总会隔三岔五地问男友一些问题：我和你的前任谁比较漂亮？在你心里，我和她谁更重要？我做的饭更好吃还是她做的更好吃？这些问题就像一个个陷阱，女孩问之前早就设定好标准答案，如果你足够聪明，好的方面都回答是现任，略逊一筹的都是前任，那么恭喜你，你顺利通过了恋爱测试。记住，这样的比较获胜方都是现女友，如果你的前女友确实是一个厨神级别，回答此类问题时也不要说出来，否则一颗定时炸弹即将引爆。"你是不是已经不爱我了？""你前女友是不是想和你复合？""好啊，你居然嫌弃我，你觉得她做的好吃那你去找她天天做给你吃啊。"所以网络上曾有过这样的一句话：前女友不是活在男友心里，而是在现女友的心里。都说女生是麻烦的，其实男生也是挑剔的，对于过于理性、生活过于平淡的异性，男生会觉得其不够浪漫，生活过于单调乏味、缺少激情；过于活泼、天天撒娇斗嘴，把"作"作为第一任务的异性，男生会觉得太折腾，时间久了会觉得累。现在你知道寻找到一个气场相近、性格相配、爱好相似、频率相同、彼此相吸的另一半是有多难了吧？

作为一个有情商的现任女友，面对前任这种隐形的威胁，她们应该做些什么呢？首先要自信。相信自己具备优点和长处，是够好值得拥有男友的关注和疼惜，也要相信男友的判断，他既然选择了自己，就说明自己更适合他，相信他有足够的能力处理好与前女友的关系，相信他经过前几段感情，对爱情会有一个更深刻的认识。其次学会接纳前女友这个事实。前女友作为对方的一段感情经历，已是客观事实，既然无法改变历史，不如坦然地接受，毕竟那些都是过去。从确定关系的那一刻起，一切都将由你来揭开新的篇章，你将会覆盖掉她之前留下的痕迹。

前女友究竟是一种怎样的存在呢？如果要回答这个问题，答案大概就是她就深深存于你苦苦关注她的每分每秒里，前女友这种生物只因你的关注而存在，除此之外，毫无踪迹。

你要问我前任攻略是什么？我想告诉你的是，与其让自己在前任的纠结里庸人自扰，不如用心经营好眼前的关系。

圈子

有人说圈子就是人脉，明星混娱乐圈，运动员在体育圈顽强拼搏，商人在商界发光发亮，作者在文坛用自己的创造力谱写出一篇篇佳作。每个人都在自己的圈子里各司其职，为了自己的梦想而奋斗着。

物以类聚，人以群分，这个社会由大大小小的群体组成。因为人都有社会属性，有交往的需求，他们总是喜欢和志同道合的人相聚成群，"圈子"就这样自然而然地产生。

如今，圈子已经成为一种结交同伴、交流信息、沟通感情、休闲娱乐的重要载体。一个稳固的圈子，能带来安全感，在工作之外，可以得到感情慰藉，而被排除在圈子之外的人，则常常会有一种孤独感，甚至会有一种不可名状的不安全感。

我从小生在做生意的家庭，耳濡目染地养成了商人家庭所特有的一些生活方式和习性。好与不好，我不得而知，毕竟家庭和父母是我们不能选择的。但起码我的言行与我的所思所想基本吻合，因为总想让自己成为一个真实的人。

随着年龄的增长，我发现父母的朋友圈大体可以分为三类。第一类是同学。这类朋友在学生时代就玩得比较好，建立了比较深厚的感情。成家立业后，大家彼此还保留着对方的联系方式。这种方式建立出来的感情纯粹深远。每当举行同学聚会的时候，大家也聊彼此的生活状态，分享育儿经，只要想聊，两个人永远都有聊不完的话题。回忆学生时代的种种场景，这是永远也不会忽略的一个环节。人终归是念旧的，认识事物的时间越久，彼此的感情就越深厚。第二类是朋友的朋友。这类朋友往往是在各种聚会和活动上认识，由双方共同认识的朋友引荐与介绍的。原本生活并无交集的两个人，因为拥有一位共同的朋友后而产生了一份奇妙的联系。如果彼此聊得投机，聚会结束后，彼此会交换名片或联系方式。久而久之，朋友的朋友也成为自己的朋友。第三类是合作伙伴。这样的朋友是通过在事业上有合作意向或开展一个共同的项目而结识的。大家仿佛乘坐着同一艘船，对未来有着共同的目标与方向。要是合作得愉快，航线会越驶越远。两个人在途中共同面对阳光明媚或是狂风暴雨，彼此能患难与共。一个在你遇到瓶颈或是困难的时候，与你不离不弃共同进退的人，是一个值得你深交的朋友。要是彼此合作不愉快，存在分歧并难以解决，总会有一个人提前下船，两人最终分道扬镳。

常常能看到很多刚从学校踏入社会的职场年轻人，脱离了朝夕相处的同窗，面对陌生的职场环境，往往会出现一段时期的"社会空窗"，总感觉自己被排除在圈子之外，融入不了主流群体之中，这也是年轻人最容易感到苦闷的事情。

于是有的年轻人苦苦求索，或者以加入某圈子为荣；有的是苦寻入圈之门而不得其法，于是终日无精打采郁郁寡欢；有的则选择主动出击，组成自己的圈子，将自己的活动也大多固定在了这个圈子里。无论选择何种方式，他们都在朝自己想要的生活努力着，这也是每个人都必须面对的必修课。

圈子的形成是因为彼此相似，每一个圈子都会有自己的游戏规则。想要进入一个你不擅长也从未涉及过的领域并不是一件容易的事情。如果你与圈子里的其他成员并没有什么共同语言，那么对你敞开的圈子大门会渐渐关上，你会觉得彼此的距离是遥远的。试想一下，一个朝九晚五的公务员在一群大谈生意经和投资项目的商人圈子里。如果仅仅是聆听，会缺少与他人之间的互动性；如果去插嘴，又因为从没经历过而难免说错话，稍有不慎就会出洋相，实在是尴尬至极，进退两难。因此选择那些磁场相符、性格相似、志同道合的圈子是非常可行又有必要的。

　　无论大圈子还是小圈子，人们总渴望在社会中寻找一份属于自己的归属感。

控 制 狂

　　台湾演唱团体苏打绿有一首歌曲叫作《控制狂》，他们用这个与心理学有关的词语作歌名，让人耳目一新。听这歌的时候，我时常想起一个人——爱控制小姐。

　　爱控制小姐天生热情豪爽，对朋友大方仗义，但爱控制身边的人，尤其爱控制自己的先生。不仅控制他的衣食住行，还控制他与别人通话时的说辞，不仅控制着家庭的财政大权，连她先生开车该快该慢都要控制。这个管辖范围，简直是360度无死角啊。通过与她的相处，我知道了她的另一半叫南瓜先生。

　　在一个明媚的下午，我和她坐在咖啡厅闲聊。她不经意间聊起了南瓜先生："我的先生忠厚老实，但就是自制力不行，有时候和朋友打牌搓麻将，老是输钱。"于是我好奇地询问："他输了很多？"她一脸气愤地告诉我："每次都有个好几百块吧。"我诧异地望着她："那不是很多吧？"爱控制小姐态度坚决大义凛然地表示："我就是要杜绝赌博这种坏习惯的养成。"我再次询问："那杜绝成功了没有？"她得意地回答："那是必须的，因为我把他的零花钱全没收了。"然后她居然不由自主地笑出声来。我尴尬地回应着："好吧，你赢了。"沉默了一会儿，我又发问，"那你喜欢他什么？"她笑着回答："我喜欢他听我的，他也喜欢被我管。"

这真是"天造地设"的一对啊，登对指数堪比《神雕侠侣》中的杨过与小龙女。可是我的内心却冒出了许多疑问，世间真有这样的男性吗？为何这位太太如此爱控制她的先生呢？为何她的先生如此甘愿受人控制呢？

带着这样的疑问，我翻阅了许多相关书籍，最后在性格色彩专家乐嘉老师的书上找到了答案。

根据性格色彩学的分类，爱控制小姐是典型的黄色性格，而南瓜先生则是典型的绿色性格的人。黄色女人嫁给绿色男人做老公的理由，逃脱不了以下的几个原因：

其一，听话。什么事情都依着自己，一个喜欢施虐，一个喜欢受虐。

其二，平稳。对于想法比较多的人来讲，找到了绿色老公，相当于买了份终身保险。

其三，简单。没什么很多想法，相处起来容易，不用每天揣测他心里在想什么，也没有什么要求，只要吃饱穿暖就可以了。

其四，宽容。不会指责自己，如果自己做过火了，也会充分理解。

有受虐倾向本身没有问题，多少绿色性格的男子为了追求到自己心爱的黄色姑娘，也会高唱"在那遥远的地方，有位好姑娘……我愿变作一只小羊，永远跟随在她的身边，让她手上的皮鞭轻轻打在我的身上。"

这真是"周瑜打黄盖，一个愿打，一个愿挨"。相处，这本身就是一门学问，每对恋人都会愿意选择他们觉得舒服的相处方式。无论是什么样的方式，爱是维持感情的保鲜剂。从这个角度来看，控制也是爱人的一种方式，被控制的人也能感受到爱的幸福。

为自己代言

小时候电视机陪伴着我们成长，我们在电视节目中看到了欢乐、温情、感动、力量。但是广告总会在精彩节目接近高潮的时候冷不丁地来一下，为了不错过接下来的节目，我们总舍不得换台，然后将就着把广告也看完。

有些广告会一口气连播 3 次，让你想忘记都难。有些广告虽然只放一遍，但很多频道都有这个广告，看多了也就记住了。有些你喜欢的节目或是电影里都硬生生地塞满了广告，让人无法忽视。

时至今日，电视机虽然是每个家庭的必用电器，但我们对它的依赖感已经大大降低了。但总有一些曾经在电视上看到的广告语让你至今记忆犹新。如康师傅——就是这个味；农夫山泉——有点甜；美特斯邦威——不走寻常路；收礼还收脑白金；大宝SOD蜜——大宝明天见，大宝天天见；怕上火——喝王老吉。

任何事物的成功都绝非偶然，那些深入人心的广告语像一剂无形的药，深入人心，留存在你的脑海中。这些商品虽来自不同的类别，有着不一样的属性，却有着相同的特质，那就是依然在各自的领域里发光发亮，与人们的生活融为一体，不可分割。

总有一些不太熟悉的朋友会问我相似的问题：你的英文名为什么叫CK？是因为你喜欢这个品牌的

东西，还是你在为这个品牌工作？

我想如果我真在这个品牌上班，然后又在各大社交软件都以这个名字作为昵称，那么该品牌年度优秀员工应该非我莫属了。

于是我总是很耐心地告诉他们，因为我叫陈凯。陈的拼音首字母是 C，凯的拼音首字母是 K，为了让大家更容易记住，所以英文名就叫 CK 喽。

总在电视上看到聚美优品的 CEO 在为自己的品牌代言，画面和广告词让人印象深刻。

我想名字一模一样代表着一种缘分和巧合，但我不是它们的代言人，我只为自己代言。

顾客就是上帝？

顾客就是上帝这一经典理论起源于 19 世纪中后期，创始人是马歇尔·菲尔德。他创立的马歇尔百货公司如今有 700 多家门店遍布全美，早已成为一种成功的典范。

这一影响深远的营销理念开始于零售业，随后覆盖到整个服务行业。餐饮业就是奉行这一理念的忠实粉丝。我们历来推崇"民以食为天"的理念，饮食文化也是中华传统文化的重要组成部分，而今，越来越多的餐饮店铺拔地而起。

这给了那些吃货越来越多的选择，同时也给众多的餐饮商家带来更多的竞争压力。面对这些突如其来的压力，众多商家纷纷推陈出新，找出各种应对方法：

1. 价格不变，增加菜品分量；

2. 不定时地推出新菜品，给食客们更多选择；

3. 重新装修，给人焕然一新的感觉；

4. 推出会员卡、储值卡模式，让食客变成常客；

5. 就餐消费送赠品或优惠券；

6. 提高食品安全卫生标准，提升就餐服务品质。

久而久之，餐饮行业的服务质量有了一个质的飞跃，顾客的考量从只考虑菜品味道和价格转变成用整体服务去评价一家餐厅。

亲爱的吃货们，当你在餐厅就餐时吃到诸如头发、虫子或者不干净的东西时你会如何处理呢？是把服务员叫过来大骂一通，还是把经理叫来让他叫厨师为您重做一份？或是直接付钱买单，并暗暗发誓再也不光顾此家餐厅？还是默默地把脏东西夹掉，选择视而不见，不让这个小插曲影响到你的心情呢？我想每个人面对诸如此类问题，都会有不一样的处理方式。

有这样一则新闻，浙江温州市的一位女顾客带着家人们去一家火锅店就餐。其间，女顾客让餐厅内的一位男服务员给火锅加汤，服务员回应锅里有汤不需要加，这让这位女顾客颇有不爽。于是女顾客发了一条微博，反映该火锅店的服务员态度恶劣。发微博的同时，还边说边拿话激这位男服务员，气不过的服务员从厨房拿了一锅热水从背后直接浇到了女顾客的头上。后经医生诊断，该女士身上42%为热液烫伤，属于重度烧伤。如果顾客和服务员都退让一步，多理解对方，悲剧本可以避免。

大学时期的一个暑假，我去经常光顾的一家餐厅兼职做服务员。对于我这个出乎意料的举动，身边的朋友不太理解。这是一种角色的转换，由被别人服务到服务别人。带客人就座，倒茶递菜单，点菜上菜，买单找零，然后一句欢迎下次光临，这是每天重复不断的工作。客人吃饭时，我就傻傻地站在旁边，眼睛常常不知该看向客人还是看向客人桌上的美食。后来我才知道这是餐饮服务行业的一门学问，如果长时间盯着客人看，会让客人觉得不被尊重。如果一直盯着食物看，会让人觉得你很贪吃，如果两眼放空，目光呆滞，又让人觉得你在消极怠工，缺乏职业素养。兼职的那段时间，偶然会有心情不好的时候，面对顾客的招呼，需要收起内心的不快。即使心情很糟糕时，也需强颜微笑，因为你的服务态度直接影响着顾客就餐的心情。

那两个月的兼职让我收获不少，也更了解了服务员这个岗位，因为我也曾是他们中的一员。从那以后，外出就餐时遇到新来的服务员，看到他们笨拙地为我们服务时，我总会用诚挚的微笑面对他们，包容他们。我想这样的微笑会让他们倍感温暖。

人和人是平等的，不分肤色，不分种族，不分性别，也不分职业。在餐厅里，服务员和顾客都是普通人，区别在于一个服务别人，一个被别人服务，这只是两种不同的角色。我想每个人都应当扮演好自己的角色，做一个有素质的服务员和做一个有素质的顾客同样重要。

顾客就是上帝？顾客不是上帝，上帝只存在于虔诚教徒的心中。

如果人与人之间能多一份理解和宽容，少一份仇视和冲突，我想上帝也会替我们高兴吧。

那些异地恋教我们的事

　　随着时代的发展，越来越多的人因为求学或者工作等各种原因不得不背井离乡。如果是一位单身者，那么他的新生活在本质上并没有大的改变，无非是换个新环境继续一个人过。或许他的好运才刚刚开始，他会在那个陌生的城市邂逅一段美好的爱情。如果是一个正在享受甜蜜时光的人，那么这个突发的状况势必会造成情侣之间的分离。我们把这样的恋爱方式称之为异地恋或者异国恋。

　　当爱情和前途产生冲突时，如何平衡和取舍是一个非常难的决定。因为男生无论如何抉择，总会有另一半质疑的声音。如果男生为了爱情放弃前途，女孩会觉得这个男生没有事业心，如果为了前途放弃爱情，女孩担心爱情从此变得脆弱不堪。我想如果一个男生真心爱一个女孩，他会尽自己最大的努力让这个女孩过上幸福和优越的生活，而不是仅仅每天陪伴而已。因此当有一个好的机会出现在眼前时，大部分人都会选择把握住而不是让它白白地溜走，毕竟有些机会一辈子只有一次，错过了就不会再有。

异地恋，恋的不仅仅是爱情，还有一种坚持。前段时间，听到了歌手邓紫棋一首歌曲《多远都要在一起》，词曲都是她一个人创作，曲子动听，歌词更是动人。歌词是这样的："想到你到过的地方，和你曾度过的时光，不想错过每一刻，多希望我一直在你身旁。未来何从何去，你快乐我也就没关系，对你我最熟悉，你爱自由我却更爱你，我能习惯远距离，爱总是身不由己。宁愿换个方式至少还能遥远爱着你，爱能克服远距离，多远都要在一起，你已经不再存在我世界里，请不要离我的回忆。"这样的歌词就是对异地恋的最好的注解，从歌词中我们感受到了异地的男女对另一半的思念，包容和理解，以及爱一个人时的付出和坚强。如果此刻的你正属于异地恋中的一员，听到这样的歌曲，想必感触颇多，思绪万千吧。情歌就是这样，以唱的方式在我们的心口拉一刀，补一脚，让痛感具体化。

相互陪伴的恋爱令人羡慕，但却不是恋爱的唯一方式。在这个世上还有这样一群人，他们的爱情隔着千山万水，承受着旁人无法理解的痛苦，只因为他们知道在那个遥远的城市，有着自己想要的幸福。俗话说小别胜新婚，由于见面的机会不多，因此每一次的见面和相处才会格外令人珍惜。与天天黏在一起朝夕相处的情侣感受不同的是，你永远不会觉得和他在一起太腻。就连平时觉得无聊透顶的肥皂剧，也因为身旁多了他一起观看，而变得妙不可言。

距离可以产生美，距离也会产生误会。异地恋是对爱情的一个考验，它引发了诸多现实因素：

一、无法排解的孤独感。由于现实的距离，没有恋人的相伴容易产生一种心理上的孤独。由于平时大家都要忙于工作，忙碌的状态下无暇顾及这种感觉。然而到了周末或节假日出行的时候，街上都是手挽着手成双成对的情侣们，看着他们甜蜜地秀着恩爱，自己却是形单影只，心里想必很不是滋味。一旦遇到生病或工作中的不顺心时，那种孤独感和无助感会更加强烈。

二、感情随时间和距离变淡，共同语言变少。由于距离的问题，两个人之间的沟通大多都是通过电话、微信、视频等方式。由于两个人彼此的作息时间、生活方式、工作性质都不尽相同，那些增加生活情趣的活动如看电影、逛街、一起下厨也很难开展，这样共同语言就被现实因素给制约了，因此沟通变得尤为重要。异地之间的情侣最乏味的通话大抵是"嘿，你在干吗呢？""我还在忙工作呢。""那个，你吃饭了吗？""我还没有吃，你呢？""我刚吃完，那你快吃吧。""好的。"然后电话两头都陷入了沉默，只有电话那头隐约传来手指敲击着键盘的声音，然后气氛变得尴尬。沟通是一门艺术，也是门学问。不当的沟通可以让距离变成一种障碍，一旦失去了语言上的交流，就很容易在感情上处于被动。

三、空虚容易让感情中出现第三者。异地恋中等待的日子总是多过相伴，所以两个人都要学会忍受寂寞，忍受一个人吃饭，忍受每天只能倒计时式的焦急。虽然两个人之间经常有电话进行聊天和沟通，但这种看不见摸不着的感情，让人觉得虚幻，虽是真实的，但缺少安全感。远水救不了近火，当你身边有一个对你关怀备至，可以经常与你见面，在你需要的时候可以陪伴在你身边的人出现时，你会因为感动而暗生情愫。如果这种势头一直持续下去，久而久之，这个眼前人会在你心里占据着越来越重要的位置，而对那个身在远方对你朝思暮想的恋人则慢慢变淡。异地恋好比一场爱情马拉松，如果两个人能携手冲过终点，那就皆大欢喜，功德圆满。如果有一个人中途退赛了，那么他就不是愿意和你一起分享胜利喜悦的那个人。

有人说异地恋是感情的坟墓，是分手的导火索，这样的结论未免武断而又凄凉。异地恋无非是换种方式继续恋爱，无非是给你和他的感情多了一份考验。恋爱是一个极端复杂的过程，各种因素在不同时期施加不同的影响。异地恋带来的疏离感固然是一个负面的影响因素，但它发挥的效果却是因人而异、因时而异的。有数据表明，两地分居并不是导致分手或离婚的主要原因，它只是加速或者延迟了感情的发展。

一段好的异地恋会带给我们三样东西：离别的眼泪，见面的感动和坚持的信心。那么那些身处异地恋的情侣们需要做些什么去维护好双方的感情呢？

一、坚定彼此的感情，我们有理由相信距离的拉远不会影响双方的感情，见面机会的难得反而让感情不减反增。

二、对于异地恋这个实际情况，给与对方充分的信任和理解，建立信任的桥梁是巩固异地恋最行之有效的方法，而理解会成为两人感情升温的调节器。

三、经常保持联系。遇到问题要及时沟通，沟通是维持感情并拉近距离的最好方式。

四、定期或不定期地见面，适时制造惊喜。当条件允许时，尽可能地多见面。当条件不允许时，有计划地约定着见面。每年都制定一些旅行的计划，为单调乏味的生活添姿增彩。

你恋，或不恋，距离就在那里，这些年会保持这样的距离不变；你开心，或不开心，时间就这样，一分一秒不快不慢地独自过着。其实时间和距离，永远是旁观者，只不过我们喜欢拿它们来伤害自己，伤害自己的感情，它们只是一种借口。若爱，请深爱，看淡所谓的时间和距离，这样就算不在同个地点上，也能维护思想的高度。

让我们找到那个坐标，一起改变、成长、同行。

　　牛郎织女作为中国著名的民间爱情故事，影响着一代又一代的炎黄子孙。这对恋人每年农历七月初七才能见一次面，他们成了异地恋爱情中的典范。异地恋告诉我们：如果彼此有爱，即使两人不在一个城市，彼此的心却还是连在一起的；如果彼此无爱，即使天天黏在一起，却只能过着同床异梦、貌合神离的生活。

小屏幕，大直播

随着互联网的成熟和发展，直播这种人与人之间交流的新形式开始变得流行，开通直播与大家交流分享的人被称作主播。

关于"主播"一词，在如今意义已经被完全颠覆。当一个90后、95后的年轻人谈起"主播"的时候，他说的可能是任何网络红人，而不再是长辈们人人熟知的董卿和周涛。主播中的主，意味着人人都可以做主，而不再是任何机构的代言人。从这个意义上说，网络直播中镜头所对准的方向也注定会发生变革，不再是传统意义上媒体机构的选择和判断。

市面上，涉及直播的公司有300余家，涉及的领域包括游戏、体育、赛事、社交、娱乐现场等数十个领域。据不完全统计，其中77.5%的直播类公司成立于2014年以后，2015年新成立的直播公司数量更是达到巅峰。据有关消息，进入2016年5月份以后，平均每隔3个小时就有一款新的直播APP上线，直播时代已经不容置疑地到来了。

随着移动网络的发展，越来越多的主播选择拿起设备走出家门，到户外去拍摄制作自己的直播节目，分享在户外遇到的新鲜有趣的事情。手机由于价格低廉、携带方便、操作简单、体积较小等优点，深受主播们的喜爱。每一个人都可能成为主播，只需要一部手机，就可以把自己看到的场景与别人分享。这是一种新的观看世界的方式，也是一种新的权利再分配。

你在生活中做的各种事情都可以被直播。比如直播游戏、婚礼、健身、发布会、旅游、秀场、逛街，连那些每天稀松平常的吃饭、睡觉都可以拿来直播。

很多人对直播吃饭和睡觉这些无聊的内容感到不解，但这正是网络直播的魅力所在。如果说过去的娱乐是赋予人以神秘化，把一个人"包装"为明星。在互联网直播时代，则是一个相反的方向，将明星的光环卸下，展示他们平凡的一面。这样一种亲民的方式，拉近了人与人之间的距离，更有可能赢得更多的观众，在主播和用户之间，建立了一种新的联系。电视时代的观众只能用遥控器来换频道，你只能影响自己家的电视机，只能单方面地接受各种各样的讯息，你却无法和屏幕中的人进行任何沟通交流。而在手机直播平台中，你可以输入你想对主播说的话，发送给主播，主播会在第一时间看到并回应你。你也可以和主播进行即时连线，彼此畅所欲言。

对于自己喜欢的主播，用户可以通过送红包和点赞的方式来支持他们，他们的收入则是根据直播人数所获得的热度以及收到的红包金额来决定的。一些主播的年收入甚至可以达到上百万元。有些主播把直播作为自己主要的收入来源，他们并没有一份朝九五晚的工作，因此收到的每一份红包都会成为日后生活的开销，有些主播则是把直播作为自己的副业，他们通常会在工作日下班后或周末和网友们互动。无论是何种形式，主播都是靠粉丝和看客的打赏才能生存下去的职业。

直播平台五花八门，主播们通常会选择那些人气较高或者收益可观的平台进行直播。为了能在竞争激烈的主播队伍中脱颖而出，在人才济济的平台上站稳脚跟，主播们都使出浑身解数，试图通过自己的努力，俘虏更多固定的粉丝，从而获得更高的收益。如何让众多看客目光锁定在自己身上，将自己的优势和特点淋漓尽致地展示给大家看，主播们需要找准自己的定位。

为了能够更好地了解手机直播，我也曾在手机里下载过相关APP。根据一段时间的观察和了解，我发现主播大体分为三类：

第一类：偶像型。无论是男主播还是女主播，这一类的特点是颜值高、身材好。他们用自己出众的外在给予看客们强烈的视觉冲击，并给看客们一个美好的幻想空间。他们不需要有什么特殊才艺，也不需要说很多话去讨好看客，有时只需一个眼神，一个动作，就能让手机屏上留下一大串夸赞的评论。我们都不可否认的是这是一个看脸的时代，长得好看确实是一种优势。

第二类：才艺型。这类主播大多靠着自己的特长去征服看客，有在里面唱歌跳舞的，有现场写书法的，有在直播平台上做英语口语教学的，甚至还有占卜算卦的。现实告诉我们，有一样一技之长是多么的重要。

第三类：聊天型。这类主播通过和你频繁聊天，寻找共鸣点，从而拉近与看客们的距离，彰显着一种亲切，没有距离感，健谈的形象。这样的行为让看客们觉得主播只是一位经常聚在一起聊天却未曾见过面的朋友。

有人说手机直播让现在的年轻人丧失了老一辈遗留下来的艰苦奋斗的作风，可以对着手机足不出户就有收入；有人说手机直播是一种变相的诈骗手段，通过情感编织的网让人们心甘情愿送红包给他们；有人说手机直播让低头族的群体越来越庞大，他们更关注屏幕里的世界，从而忽略了身边的人和事。我想说，任何事物的产生和发展总有其必然性，现在的人们大多都是寂寞空虚的。主播们通过各种方式给网友们带来一份欢笑，一份温暖，慰藉着一颗颗孤独的灵魂，让那些无聊的夜晚变得不再无聊，这才是手机直播带给人们最大的意义吧。

我们一起聊着天，却未曾见过面，或许一辈子也无法见面。我们在手机直播的世界里畅所欲言，度过了一个又一个美好的时光，就像是最熟悉的陌生人。也许有一天，我们的快乐可以自给自足，不需要别人的给予，但依然会感谢有这样一个人在你落寞时曾在你的生命中出现过。

偶像

　　相信无数年轻人都有喜欢的偶像或是欣赏的公众人物。无论他们是体育界的运动员，是娱乐圈风靡万千的艺人，是商界出类拔萃的企业家，或是才华横溢的作家，他们都在自己的领域里发光发亮，散发着自身独特的魅力。在各种领域中，尤以娱乐圈艺人的粉丝最为庞大，最为狂热。

　　我也有欣赏的偶像。十多年前是他，现在依然是他。我见证着他的成长与蜕变，看着他慢慢从青涩走向成熟。他拥有数量庞大的粉丝团，团里有统一的口号，参加偶像的活动时着统一的服饰，显得整齐而有序。大家来自五湖四海，原本互不相识的一群人却因为喜欢同一个明星而聚在一起，在社交软件上畅谈偶像的点点滴滴，距离仿佛并没有现实这般遥远。

去机场接机时自发地围着一个保护圈，用行动保护着偶像，避免他受到哪怕一丝的伤害。尽管偶像每次出入身边都会伴随着三五个人高马大的保镖，粉丝的那个保护圈显得多余而脆弱，可是他们却坚持这么做，仿佛这是他们应有的责任和义务。有时候在机场等了两三个小时，只为了见到偶像那短短的十分钟。从到达出口开始，陪同着偶像走到停车场的保姆车，偶像挥了挥手，上了车，然后目送车子离开。那简单的挥手，足以让粉丝兴奋不已，回味无穷。

那些经常见到偶像的，经常陪偶像走那几分钟路程的，被称作骨灰级粉丝。然而，我只是千万粉丝里的一个，一个并没有见过偶像本人的粉丝，因此对方永远也不会知道有这样的一个粉丝存在。我想这才是一个偶像与一个粉丝应该有的距离。

认识他是从《谢谢你的爱1999》开始，那年的我只有11岁，还处在小学阶段，为未来的人生打着基础。受堂哥的影响，我开始听他的歌曲，渐渐地被他个性的外表和磁性的嗓音所吸引。在那个网络还没普及，唱片还没流行的年代里，我们只能通过报纸和杂志去了解一个明星的动态。晚上睡觉前习惯性地用磁带听几首歌曲，从耳机里传来的歌声仿佛是他亲自在你耳边轻声吟唱。那是一个爱做梦爱幻想的年纪。

曾经的我试图用自己渺小的力量去维护着对方，和身边的朋友争论谁是最红男明星时，骄傲地说出他的名字。那时的骄傲不仅是因为偶像的人气一时无两，也对自己喜欢他的眼光而感到骄傲。当听到身边有人在谈论他的是是非非，或对他有不好的评价时，总会用激烈的言辞维护他，和许多人对辩，气恼间甚至会独自号啕大哭，内心无限委屈。那时的父母对于我这样的行为并不理解，我也很难解释原因。但我可以确定那个人在我心里是有分量的，我认为自己崇拜他这件事是重要的。那是一个为了喜欢的人会奋不顾身的年纪。

　　后来他开始转型，爱上了拍电影，做危险动作时从不用替身。我想人在每个阶段都有那个年纪应该做的事或是想要做的事。所以作为粉丝的我们除了一如即往地支持他，还多了一份心疼。这期间也陆续出现很多优秀的歌手和演员，我也会听他们的歌曲，看他们的电影，但对他们喜欢的程度仅仅停留在欣赏，不增不减，不多不少。在喜欢的明星成排并列的名单中，终究还是会有一两个在你心中的地位凌驾于他人之上。你会很容易就注意到他们的名字，视线不愿离开，笔画繁多的那三个字，像是一双眼睛在朝你眨眼，激发出你很多的情感与思绪。我想这就是喜欢的明星与偶像在本质上的差别了。

　　拥有偶像的生活让你足够充实，原本大量的业余时间都可以有各种的途径来打发。上偶像的贴吧了解他们即时的动态，买偶像代言的产品，去报刊亭购买有他们内容的杂志，手机里下载了他们出道至今的所有歌曲，甚至模仿过偶像的发型，去 KTV 有点播不完的劲歌金曲。这种喜爱与爱情不同，因为身份，因为距离感，自己的情感永远无法被对方知晓，粉丝与偶像之间永远是喜欢与被喜欢的关系。上述的种种行为并非刻意，而是成了你的习惯，融入了你的生活，成为你不可或缺的一部分。试问这样单方面呈现的情感靠什么来得以维系和支撑呢？我想还是内心那份喜爱，那份崇拜，那份欣赏。

这么多年过去，对于偶像的喜欢从疯狂变为平淡，从感性变为理性。我们见证着偶像的成长，自己也在快速成长。十多年过去了，我依然未曾见到他一面，但我相信并期待那样的一天。我想那一天会是人山人海，热闹非凡的。但只要远远地看着他，陪他度过那短暂的时光，目送他离开的背影，这对我来说已经足够。

对于偶像的喜爱，我们从不奢求一个什么样的结果，想要一份什么样的回报。对于他的崇拜，这本身就是一件美好的事情。如果有人问我，为什么非要是他？那我只好借用偶像那首家喻户晓的歌曲来回答他，"因为爱所以爱"。

改变

人人都说要改变，改变过去的坏习惯，改变此刻的生活状态，改变过去的性格。但改变不只是喊喊口号，表明一下态度那么容易，它需要付出一定的代价，也许是时间，也许是金钱，也许是自我。也许你如何努力，你依然站在原点，依然是曾经的自己。

改变需要一种勇气和毅力。为何人需要改变？一部分人的改变是因为厌倦了现有的生活方式，渴望过一种全新的生活；一部分人的改变是希望自己成为更好的人；还有一种改变则是因为环境的巨变，如家人的突然离世，父母的离异等突发情况而让你不得不去改变。

改变首先要从思想开始，因为思想支配着你的行为。过去的思想深深地植入了你的骨髓，日积月累，形成了你一套带有个人标签的想法。这样的想法就像寄生虫一样，陪伴着你的生活，你却无从察觉。

改变的过程漫长而曲折，新旧思想形成对立面，不断地在你的脑海里交织。倘若你在这个过程中备受煎熬，放弃了改变，那么改变的过程将以失败告终，一切回到从前。通常这样的人总会找各种各样的理由来安慰自己，原谅自己，比如：我老了，我就是这样的人，江山易改本性难移之类的。

曾经的我怀揣着许多梦想和目标，在实现目标的道路上遇到了一些阻力和困难。对于这些麻烦，我常常习惯性地逃避和退缩，总希望绕过困难这条路。可是，困难是通往成功道路上的必经之路，因此半途而废的情况不在少数。于是，后来我开始硬着头皮尝试，之后发现困难并没有想象中的那么可怕。我想这就是改变的一个开始。有了很好的第一次尝试，接下来就不会很难。经过两三年的磨炼，我的内心开始变得强大，人也自信不少，很高兴我勇敢地做出了改变。我对于改变而付出的所有艰辛感到值得，对于现在的自己感到惊喜，因为我想成为一个更好的人。

在爱情的道路上我们也需要适时改变。如果一对恋人步调一致并且共同成长，那么他们会离幸福越来越近，相反，一个在成长，另一个却在原地踏步，那么彼此的距离将会越来越远，直到最后一方看不到另一方。

　　每一个付出努力改变后的自己像一次新生，像是凤凰涅槃。你会对自己的改头换面充满惊喜。你为了这样的改变所付出的牺牲，别人不得而知，但一切在你看来都是值得的。每一个人都有机会改变自己、完善自己，从而成为更好的人。机会一直都在你身边，与年龄无关，只要你内心依然有那团火。

　　有时候，我们并不是在等什么人或什么事，我们只是在抓住时光改变自己。

美的成长

爱美之心，人皆有之。这是我们骨子里存在的东西，它不分性别，不分年龄，不分肤色，不分民族，只要我们有一颗追求美的心。美丽只能触及人们的感官，而美却能触及人们的灵魂。美从来不止是外表，更是一种内在，因为外表的美只能取悦人的眼睛，而内在的美却能感染人的灵魂。

平日的我爱穿牛仔裤，觉得牛仔裤代表着一种态度。由于这样的一份喜爱，家里的裤架上摆满了各式各色的牛仔裤，而且我尤为偏爱破洞的款式。这是一个关于牛仔裤的故事。

外婆今年70多了，平常与我甚少见面，虽不在一个城市，但我对外婆总有一种特殊的感情。回忆往昔，我的初中3年时光都是和外婆一起生活的。

今年夏天，外婆来到昆明避暑。记得她在见面第一天就来到我的卧室把脏衣服拿走了。不过走了没多久就又回来了，外婆问我是不是最近没有生活费了？说完从口袋里掏出钱给我。对于外婆的这一举动感到诧异，我赶忙告诉外婆一切都挺好的，并拒绝了她的好意。外婆说："可是我看你牛仔裤都穿破了，要不要我帮你缝补一下？要不外婆给你钱，你把这条破的扔了再买一条新的吧？"我用疑惑的眼神看着外婆，并试图回忆到底有哪条是破裤子。外婆看我一副不解的表情，于是又把那条要洗的牛仔裤拿了回来，说道："你看，就是这条。"

此番景象，让我哭笑不得。于是我耐心地告诉外婆，这条裤子是新的，穿了没多久，那些破洞买来的时候就有了，是特别设计上去的。这样的裤子人工成本更高，所以比表面完整、没有洞的要贵。我的这番科普显然让外婆大吃一惊并不可理解。"啊，居然有这种事情。"外婆许久冒出了这么一句话。

在外婆的那个年代，破洞的裤子是生活贫困的一种表现。家庭条件一般的都会把破洞补回去继续穿，条件富裕的才会把破裤子扔了，买一条裤面完好无损的新裤子。如今社会发展，生活水平提高，但为什么在裤子这件事上越过越倒退了呢？外婆对这样的一个转变显然百思不得其解。

　　社会在不断发展，人们却从未停止对美的一种追求。对于穿着，从最初只考虑温暖到后来的美观大方，到现在的个性时尚，这样的一个发展不光是人的品味的成长，也是美的一种成长。

现代爱情中的选择

有人说，婚姻是爱情的坟墓；有人说，婚姻是爱情的宫殿；更多的人说，婚姻像一座围城，外面的人想进去，里面的人想出来，可见每个人心中对于婚姻的认知不同。

童年是一个爱幻想的年纪，小朋友总喜欢美好的童话故事，安徒生童话和格林童话总是他们床边不可缺少的读物。众多女孩从小深受童话故事的影响，幻想着长大后可以嫁给王子。王子在童话故事里就是一个完美男性的化身，他外形高大帅气，家世显赫，知识渊博又温文尔雅。这样的条件，满足了女性对男性的所有幻想与需求。如果嫁给王子，荣华富贵享不尽，未来还有可能坐上一国之母的位置。

"高富帅"作为近几年出现的热门网络词汇，意指男人在身材、相貌、财富上的完美无缺，既长得高、长得帅，又有钱。这样的男人往往会博得众多女性的青睐，在恋爱、婚姻中容易获得成功，然而拥有这样的条件的人毕竟凤毛麟角，平凡普通的人终归是占了大部分。在很多非实名制论坛中，总有很多自称"高富帅"的人，但他们中很少有人是真的"高富帅"。现代社会中形成了一种新的为人处世的一种方式叫：有钱不露富，没钱硬撑阔。有些没钱的人总说自己有钱，总怕别人看不起他。而真正有钱的人却总说自己没钱，这是一种低调的谦虚，也是一种自我保护的方式，他们的潜意识里总担心有人带着目的性接近自己，或是因为看重自己的钱而和自己交朋友。

在两性关系中，男人渴望的是地位。在谈恋爱的过程中他们对女人百依百顺，唯唯诺诺的像个"小兵"，此时的女人就像高高在上的"女王"，身旁的小兵可以满足自己的一切需求，只要他们做得到。但他们心里一直有一个梦，一个"翻身做主人的梦"。一旦两个人的关系稳定并走向了婚姻的殿堂，男人就能够从"小兵"到"将军"的华丽转身。女人会帮他们洗衣、做饭、料理衣食起居，也会帮他们生儿育女、开枝散叶。有了这样一位贤内助，男人可以有更多的精力在事业上大展拳脚。将在外面赚来的钱拿给家人花，对于拥有男主外女主内观念的大男人来说，这样的成就感不言而喻。如果小兵和女王没能步入婚姻的殿堂，那么男人的这段感情投资就以失败而告终。他们需要收拾心情，重新出发，只有调整好了，他们才能更好地迎接下一段恋情。有的男人在这场感情的投资中，一次就能成功，从而获得日后的回报；有的男人却在这场战役中屡战屡败，除了自我安慰缘分未到之外，他们还应当去总结前几次失败的原因，寻找自身的不足从而提高下一次的配对成功率。

对女人来说，婚姻是一辈子的，她们更在意的是名分。有了名分，她就成为了他的太太，可以名正言顺的和他在一起，无论贫穷还是富裕，她都和他过着同一水平的生活，享受着同等待遇。那张证书可以将两个人牢牢地捆绑在一起，女人在这样的关系中获得踏实感和安全感。

对于有雄心壮志的男人来说，他们渴望在事业上获得成功，认为只要在事业上取得成功后，在家庭中的地位就会毋庸置疑地提高。在地位与事业之间，他们认为两者之间并不是对立和冲突的关系，而是一种先后顺序。因此他们目标明确，眼光长远，在事业没有发光发亮之前，心中怀揣着一个梦，相信会取得事业和地位的双丰收，但这一切都需要时间，能否如愿就让时间来证明一切吧！

越渴望得到的东西，越显得缺乏。爱情中你渴望的不过是你缺失的，因此大家都在选择自己想要的爱情。总听到很多女生楚楚可怜地说自己缺乏安全感，她们渴望的是找一个身材高大、体格健壮的男士给她们带来安全感。还有一些女生总希望婚后的经济大权由自己掌握着，如果你问她这是必要条件吗？她信誓旦旦地表示，因为她家里的经济大权都是妈妈掌管着，言下之意为女性掌管经济大权是有传统的，这是一件天经地义的事情。从小受到强势母亲压制的男孩则渴望找到一个温柔贤惠善解人意的人作伴，他们认为女性强势的性格是一种特例，温柔可人才是一个女性的常态。

在爱情中时常能听到这样的一个理论：男人有钱就会坏。这理论常常在"男人负责在外赚钱养家，女人负责在家貌美如花"的家庭中应验。这些女人想当然的认为只要守住了男人的钱，就能守住了婚姻。但亲爱的你们知道吗？钱是可以继续再赚的，可一旦心跑走了，就没那么好找了。与其守着男人的钱，限制他的花销来维护婚姻，还不如拿着钱去学习，让自己成为一个内外兼修充满魅力的女人。

现代爱情中的男女常常在你爱的人和爱你的人之间选择和纠结。他们常常遇到的问题是：喜欢你的女人你看不上，总觉得得不到的才是最好的。当你拼命去追想要的女人，结果人家却瞧不上你，遭受挫败时，你才能想起当初对你好的女人。其实很多女人也何尝不是如此？

爱情中的选择好比一次投资，无论投资盈亏，势必会对你的生活和事业带来巨大影响。如果想在爱情的选择中稳操胜券，你不仅要用眼睛去观察，还要用内心去感受。

含着金汤匙出生的孩子

　　随着网络的成熟和普及，富二代这个词语已经变得不再陌生，他们是指继承巨额家产的富家子女，社会民众对这类群体的看法褒贬不一。他们的父母通常都是成功的企业家，因此这些孩子拥有富裕的生活条件和良好的资源平台，年纪轻轻就拥有巨额身家。这样特殊醒目的背景让他们仿佛一颗颗璀璨夺目的宝石，散发着耀眼的光芒，他们的一举一动都会引起众人的关注。

　　都说不要让孩子输在起跑线上，与富二代相对应的普通家庭就没有那么好运了。他们要想在社会上占有一席之地，甚至发光发亮，就只有努力学习文化知识，考上好的学校。只有这样，才有更多的机会，找到好的工作，从而改变自己和家庭的命运。因此那些家境一般又充满上进心的孩子，总是勤奋好学，努力向上。

在我看来，纨绔子弟并不是富二代的代名词，在这个群体中也不乏学习优异、事业有成的青年才俊。我们不能因为所看到听到的个别案例，就一杆子打翻一船人，认为所有的富二代都是纨绔子弟，这对于这个群体中努力奋斗的人来说显然不公平。

简单来说富二代大致可分为三个类型。第一类为知识成功型。他们的父母意识到公司的发展与知识是分不开的，在积极发展自己事业的同时，对子女的教育也非常重视。绝大部分的企业家或是富豪都希望自己的孩子将来可以继承自己的事业，于是他们中的大部分都把孩子送到国外最好的大学，给他们提供最好的教育环境，去接受最好的西方教育。这些孩子也非常争气，他们努力学习，学业有成，最后修完所有学分顺利拿到文凭。毕业后掌握着一口流利的英语，同时把国外先进的管理理念带回国内，结合本国国情和特点，做到了真正的中西结合。这些孩子非常珍惜父母打拼所积累的家业，希望通过自己的力量让家族继续发扬光大。扎实的理论和知识基础，良好的资源平台，自身的努力，再加上家族的支持和帮助，这种类型的富二代想不成功都难。

第二类为创新奋斗型。这类孩子拥有很强的自尊心和上进心，他们不满足于子承父业，接受父辈产业的传统模式，而是另辟蹊径，渴望用成绩来证明自身价值。他们的学习较为优异，所学的专业都是自己感兴趣或是擅长的。大学毕业后，通常也会选择和自己专业对口的行业开始着手。对于一个成功的创业者来说，资金、人脉、机遇、能力环环相扣，缺一不可。父母并没有因为孩子不接班而略感失落，反而对孩子的创新和勇敢颇为欣赏，也很期待孩子做出的成果。于是会用自己的人力、物力、财力等所有资源去帮助孩子完成梦想。俗话说：万事开头难。一个新企业在初始阶段总是会遇到各种困难，一旦进入平稳期，那么该公司就可以进入正常轨道了。从自己较为擅长的东西着手，通过自己创新的理论，有面对困难和挫折不服输的精神，加上背后强大的团队辅佐，这个新企业的发展必将蒸蒸日上。我们有理由相信，随着不断的坚持和努力，这样的公司势必会在该行业中占有一席之地。

第三类为堕落败家型。这类富二代在当今社会很普遍，所占的比例有增多的趋势，他们大多都拥有强烈的自我优越感，享受富二代所带来的光环和虚荣感。读书的时候，他们并不重视学习，以混时间混日子居多，认为成绩的高低对他们以后理所当然地接班并无多大的影响。生活作风方面，他们大多过着奢侈的生活，花钱大手大脚。开跑车、爱飙车成为这个类型的富二代的显著特征。他们享受速度与激情，但却是名副其实的"马路杀手"，全国各地因跑车追尾造成人员伤亡的新闻也屡见不鲜。这类富二代由于"志同道合"，因此也自发地形成了一个小圈子，或加入门槛颇高的超跑俱乐部。

由于第三类富二代的光芒过于耀眼，行为过于出格，因此大众媒体在公众平台上构建的富二代形象，往往与豪车、奢靡生活、蛮横无理相结合，他们引发的争议使得富二代被贴上固化的标签。如今人们提起这个词，常常带着贬义，实际上大家对这个群体的误解很多。

在很多人看来，富二代是幸福快乐的，他们不需要为生活而担忧，生活极其五彩缤纷，因此很多人想当然地认为富二代就是无忧无虑的，殊不知他们从小开始就过着非正常家庭的生活。由于他们的父母常年在外忙于事业，无暇顾及他们。这些富二代在很小的时候就被送去了寄宿学校，不得不开始独立的生活。虽然他们从小就衣食无忧，但觉得非常孤单，从出生开始就注定成为不了在父母的陪伴下茁壮成长的孩子。他们的父母会抽空来学校看望他们，可这屈指可数的陪伴对他们来说远远不够。久而久之，养成了一种自理能力强但却缺乏家庭归属感的特有性格。由于父母和孩子在一起生活的时间少，因此沟通与相处比一般家庭困难很多。他们对小孩的关心大多围绕在物质方面，如生活费够不够用，希望得到什么样的礼物等，对小孩的精神教育和心灵沟通少之又少。父母想当然认为孩子衣食无忧，生活条件优越，就定会幸福快乐，其实有父母的陪伴才是孩子最大的快乐。为了获得想要的快乐，他们开始尝试各种的方法，偶然发现金钱可以带给他们许多快乐，于是屡试不爽，渐渐养成了花钱大手大脚、拜金的习惯。很多富二代常常在这条路上越陷越深，最后迷失了自我。父母在事业上取得巨大成功的同时，却忽略了对孩子的教育和培养，此举未免得不偿失。孩子作为父母的未来和希望，把孩子培养得出色，那也是人生一笔宝贵的财富啊。

　　该不该接父母的班成为许多富二代人生道路上不得不面对的一个课题。对于父母来说，财富在不断地增长，年龄也在一年年地增长，总有一天他们会败给时间，面临着退休。第一代的强人们用了人生大部分时间，建造属于自己的商业帝国，那是他们引以为豪的成果，他们渴望自己的子女能将这份辉煌延续下去，长盛不衰。毫无疑问，父母的辉煌为孩子在成功的道路上树立了一个标杆。这个无形的标杆给那些想有所作为的富二代带来了巨大的压力。在宾朋满座的宴席上，第一代的强人一呼百应，身边围绕着众多拥簇者，像极了电影大片中的男主角，好不威风。有些人会跑到富二代的面前告诉他们，你有一个这么成功的老爸可真幸运，自尊心强点的富二代听到这种夸赞，想必很不是滋味吧。他们就像电影中的男配角，长时间在这样的环境生活，配角的"悲哀"笼罩着这些富二代，让他们常常觉得自己是一个附庸、陪衬。他们渴望逃离父母的势力范围，从而换得一身的轻松。是选择站在父母的肩膀上，将他们的事业继续发扬光大？还是选择独辟蹊径，从头做起，开创拥有自己个人标签的事业呢？这是富二代在成功的道路上面临的最重要的选择。

30岁作为人生重要的一个时间节点，它标志着人从青年向壮年过渡，由青涩开始走向成熟。随着年龄的增长，富二代这个群体也在发生着分化，一部分人依旧把吃喝玩乐放在首位，他们不思进取，在啃老族的道路上越陷越深。另一部分正在自我觉醒，摆脱青春阴影，走上了快速成长的道路，开始了人生突围，朝着社会精英的目标努力迈进。与父辈相比，大部分富二代都有国外留学的经历，他们普遍精通英语和计算机，拥有更西化的思维方式，对商业、经济的理解，在创新能力上都远超上一辈；与普通家庭的同龄人相比，他们见多识广，拥有得天独厚的社会资源，也不需要从最基层的岗位开始做起。只要充分看清自我优势，找准自己的目标，努力奋斗，势必会成为社会舞台上不可小觑的一个群体。

无论你是怎样的出身，请记住，成功要靠努力，没有人天生就是成功的。无论你是含着金汤匙，还是含着棒棒糖，请做你人生中的主角吧。

中国好妹妹

在我即将满 18 岁的那年，家里又迎来了一位重要的成员，我的妹妹在北京奥运会那年的清明节降生了。

由于出生时胖嘟嘟的像一个皮球，我就给她取了一个小名——球球。于是球球这两个字在以我家为圆心的人际圈里辐射和传播开来。

很多人也许会好奇，为什么我和妹妹会相差整整 18 岁呢？我的父母当时是怎么想的？其实也没有很负责的说法，无非是父母看到有些亲朋好友大多家里都有两个孩子，成双成对的小孩自然比孤零零的独生子女热闹许多。他们觉得一对夫妻，两个孩子，有男有女，这样的人生才是完满的。

由于我妈怀我妹妹时已经踏入了奔四的行列，待妹妹出生时，爸爸已经45岁了。在40多岁有了第二个孩子，也算是老来得子。因此，父母和长辈们都特别疼爱妹妹。那样的疼爱让我有点羡慕又嫉妒，觉得她的出生威胁到我在家庭中原有的地位，把我从小那少得可怜的父爱母爱（从小学一年级起就开始住校生活）还要分走一半，让我一度不能释怀，心里也并未完全接受一个和我相差18岁的妹妹。

那年的暑假和以往的暑假略显不同，隔三岔五就有亲朋好友来探望妈妈和妹妹。原本平静的家庭氛围被噪杂和吵闹给占据了，我靠玩游戏和看奥运会的比赛来打发时间，那是我读大学前的最后一个暑假，但却并没有因为这是最后一个而变得弥足珍贵。待到九月份，我像一只原本关在笼子里的动物被放归大自然那样自由，没有片刻的驻足就坐上了去往大学城市的班车。出乎意料的是那一次我并没有十分留恋那个熟悉的家，反而对未来的生活充满期待。

那时听到一句很熟悉的育儿观念叫"女儿富养，儿子穷养"，但很多人并不理解这种话的内涵和用意。这并不是说只有穷困的家庭才能养儿子，富裕的家庭才养女儿。也不是一些人认为"穷"养男孩，就是控制孩子的花销，不要给他太多的享受，以免惯坏他。这样的理解略显片面，我想所谓穷养儿子更重要的意义在于通过"穷困和艰苦"的切身感受，对孩子意志、品质、性格、心态的磨砺，帮助孩子树立正确的的价值观。并非是要男孩吃糠咽菜、忆苦思甜，让男孩承受不必要的折磨和痛苦，而是让父母减少对男孩娇生惯养，包办代替，让男孩从小多一些经历，多一些锻炼，培养他们坚韧顽强的性格。

在大学的 4 年里，我读了不少书，看到了许多风景，认识了许多朋友，也曾利用寒暑假做兼职，端过盘子，当过店员，为的是让自己的人生阅历更加丰富。妹妹在父母的精心照料下茁壮成长，我也在用自己的方式不断成长、成熟。随着年龄的增长，心态的改变，我发现自己对妹妹的爱开始增加，而后她在我的心里占据了一个重要的位置。

随着妹妹的长大，她开始越发地依赖我，她读小学后也会和我讲班上同学的一些趣事。我没有因为这 18 岁的年龄差距而去敷衍她，或者只会用"哦"去回应她。她把我当成非常重要的一个倾诉对象，她在用自己的语言尽自己最大的努力让我得以理解，她在意我有没有听她讲话。每当我在工作和生活中遇到阻碍而心情不好的时候，妹妹就成了我可以沟通的一个对象，为了确保她能理解，我通常会把事情用最简单通俗的语言讲给她听，那是让我十分轻松自在的沟通方式，我从不担心这样的沟通会带来什么样的后果。她会用她 8 岁的人生经验来帮助我，让我不禁对她直呼："妹妹，你好聪明哦，哥哥在你的年纪的时候可笨了，什么都不懂。"听到我的夸奖，她总是"呵呵呵"地笑出声来，笑得眼睛眯成了一条缝。

　　空闲的时候我时常带她出去，但却总是被误认为我是她爸爸，每当别人问我："这是不是你的女儿？"为了化解我的尴尬，她总是抢在我的解释前回答别人："他是我的哥哥！"言语中透露着些许骄傲和自豪。不过还是有因为这个问题闹出过笑话。有次我爸带着我和妹妹逛家居广场，他去停车了，我就拉着妹妹先进去逛，随后我爸进来了。也许是现在的家居生意不好做，也许是想夸赞顾客来增加销售的成功率，老板娘亲自接待我们并走在我们三个身边作商品介绍，途中冒出了一句夸赞："小伙子不错嘛，看你年纪轻轻，女儿都这么大了。"随后又朝我爸夸赞了一句："那么年轻就做爷爷，孙女都那么大了，你可真有福气。"然后时间仿佛停止，气氛略显尴尬，随后我爸提高了嗓门，理直气壮地回答她："这是我的女儿。"老板娘尴尬地回了一句："啊，原来是这样啊。"我想老板娘听到这样一个真实情况，应该会对刚才那个失礼的夸赞而感到后悔吧。

　　在我工作忙碌的时候，妹妹时常会拿妈妈的手机打电话给我，开场白总会说："哥哥，我想你了，什么时候回来看我呀？"甜甜的而又略显呆萌的声音，总是让我感动而又酸楚。感动的是我这个不称职的哥哥也会在她8岁的孩子心里占据着那么大一块位置，酸楚的是我因为忙于自己的事业而忽略了她。我想是她教会我感情里最重要的事是陪伴，而不在意我给她买多少玩具。我尝试从她的视角去看待生活和世界，那个只有简单、美好，不复杂的世界。

她的学名叫陈可依，寓意是一个让父母可以依靠的小棉袄。她是我的"中国好妹妹"。

留学梦

  与其在国内上着差不多的大学，读着类似的课程，学生家长们为了让子女们在进入社会后可以更有优势，在各行各业更站得住脚跟，开始独辟蹊径倾向于把孩子们送到国外深造。

  留学说简单并不简单，说复杂也并不复杂。大体可以分为三种途径：

  1.通过出国中介机构申请留学。顾名思义，这是为出国留学人群提供留学签证办理服务及海外院校选择提供咨询服务的留学机构。申请人只需要准备和提供留学材料和考试成绩即可，其他的事项就交由出国中介代办，但这会涉及一笔费用，毕竟他们就是吃这一碗饭的。

2. 就读 2+2 学习形式的高校。所谓 2+2 指的是"国际合作双校园项目",是一种与国外大学合作办学,联合培养,互相承认学分,在国内外双校园完成学业,取得国外大学学位的新型教育模式。学生一般首先在国内学习两年,进行英语强化和学习部分专业课程,然后赴外方大学学习两年,这样的中西相结合的学习形式会不会像"白加黑"感冒药一样有非常好的效果呢?那就不得而知了,但成本会比传统大学高得多。

3. 申请国际交换生。国际学生交流计划起始于二战之后,主要目的是加强全球不同国家之间的交流,增进国家间的了解、文化沟通和学术交流,促进各国之间的友好往来。交换生是指根据校际签订的交换协议而互派到双方学校学习的学生,学习期限通常为一学期或者一学年。交换期间,学生自主选择相关课程,交换期满按时归校。

但并不是人人都能到国外留学,无论你选择何种途径,你都需要具备良好的学习成绩、较为扎实的英语基础和较强的独立自理能力。英语作为全球的通用语言,对每一个怀揣着留学梦的学生来说,重要性不言而喻。如果说高考成绩是国内大学的敲门砖,那么雅思或托福成绩就是留学的敲门砖。将英文说得很流利,对于将中文作为第一语言的华人们来说并不是件容易的事情。常常看到那些为留学做着准备的学生们利用空闲时间上着英语强化班的课程，疯狂地背诵着数量惊人的英语单词，反复练习着并不纯正的英语口语，刻苦努力的态度叫人佩服。

与在国内上大学相比，出国留学拥有一些无可比拟的优势：

1. 留学对学生的独立生活能力是一种极好的锻炼，你要学会与不同肤色、不同民族、不同文化的人交流和相处。

2. 留学可以开阔眼界，增加人生阅历。这样一份特殊的经历是人生宝贵的一笔财富，是看再多的书籍，学习再多的书中知识都无法替代的。

3. 留学可以让你改变许多的坏习惯，从而提升个人修养和素质。每个人在年少的时候都或多或少地养成了一些坏习惯。留学会让你改掉一些坏毛病。

4. 留学可以让你练就一口纯正的英语口语。在国内我们习惯用普通话或地方方言与别人进行交流，而英文只有上英语课或在某些特殊行业才会经常用到。但在国外，面对不同国籍、不同肤色的人，你只有掌握了英语才能和别人交流。久而久之，熟能生巧，你的口语和发音方式会更接近外国人。

5. 留学可以或多或少地改变人的思维方式。一个留学生如果在留学期间能够真正完成思维方式的叠加，并且使自己的思维拥有更多的维度，那么他就完成了留学期间最重要的升华。因为思维方式无法依靠互联网进行改变，它需要一个人扎扎实实地去感触，去体验、去理解、去探索。

留学归来的人俗称"海归"，因为这份特殊的经历，使得他们举手投足、言谈举止，甚至讲话方式、穿衣打扮都有些不一样。有的海归的普通话水平较出国前有了一定程度的退化。有时候他们甚至忘了某些词语的中文表达，因而会用一个英语单词进行替代。中文上的暂时性短板，丝毫不会让他们失去什么，大多数人总是会宽容理解地看待这件事，有时甚至会让他们的魅力值大大提升。

生活在这样优胜劣汰的环境中，比较变得不可避免。大多数父母除了和别人比拼事业之外，也会和别人比拼儿女的优秀程度。学历成为父母口中衡量优秀的重要指标。当海归的父母骄傲地告诉别人自己孩子是某某国家某某大学毕业时，总会迎来别的父母羡慕的眼光。有的人甚至想当然地觉得国外大学毕业就是了不起，至于这个学校在世界大学中的排名是多少，含金量怎么样，他们并不在意，因为自己孩子是国内上的学，别人家的孩子做到了自己孩子做不到的事情。

某些国内的企业家和老板在财富上超越了大多数人，他们渴望自己的儿女也能将这份优势继续发扬广大，于是纷纷把孩子送到国外留学。这仿佛成了一种流行趋势，也像是有钱人培养儿女约定俗成的一种习惯。但并不是每一个人都是读书的料，这些孩子从小出生在富裕的家庭，过着衣食无忧的生活。他们不需要为未来的前途而担忧，在合适的年龄会理所当然地接班，父母的家族企业在向他们招手。既然学习并不会影响到他们的命运，只成了锦上添花的东西，他们对学习的动力和进取心就可想而知了。

由于国外的大学普遍实行宽进严出政策，采用学分制，待毕业时修满学分才能顺利拿到文凭。这些企业家和老板的孩子能顺利进入国外大学学习，却不愿意花全部精力在学习上，最终留学成了一种镀金，让国外校园成了交朋友的舞台。就这样浑浑噩噩地过了4年，文凭没拿到，花费了上百万元，英语也没多大长进，倒是拿到了一张结业证书，结交了一帮朋友，享受到了国外小资的生活，也算是不虚此行了。

无论你是在国内上的大学，还是一位留学生，或是你从没上过大学，请记住，学历并不是走向成功的唯一途径；无论你有留学梦，发财梦，还是当官梦，请坚信梦想还是要有的，万一哪天实现了呢？

人 在 旅 途

　　坐火车对于每个人都有着特殊意义。相对于乘坐飞机的昂贵，坐火车称得上是平民化的消费。如果你要去的目的地不算太远，时间也较为充足，那么乘坐火车就是一个不错的选择。

　　火车检票时，有的乘客总会莫名地产生一种紧迫感，他们争先恐后地挤向检票口，然后背着行囊快速地朝着自己的车厢走去，生怕被人抢了位置。如果去的目的地较远，那卧铺就成了最佳选择。

　　大部分卧铺分上中下三层床位。如果有选择的话，大家最喜欢的还是下铺，虽然它的价格略贵一些，但是不需要爬上爬下，方便省事。上铺床位则需要爬上扶梯才能到达，夜晚睡觉时，脚的方向呼呼地飘来冷气，让人不由自主地捂紧被子，生怕着凉。而中铺由于上下空间的距离太窄，人无法挺直地坐在床上，稍不留神脑瓜还会撞到床板，让人坐也不是，躺也不是。

每到吃饭的时间，车厢就会飘来方便面的香味，这种香味让吃的人觉得香，闻的人觉得更香。小时候乘坐火车，最开心的事情莫过于可以在车上吃方便面，换作平时，父母总会说："方便面有防腐剂，没有营养，吃多了对身体不好。"然而特殊情况特殊对待，乘坐火车时，吃方便面他们就不多说什么。当然火车上的盒饭也是一个不错的选择。相比于飞机餐只是地面做好，在飞机上用烤箱加热后拿给乘客食用，火车上的快餐好歹是现做现卖，还能吃出食材的新鲜。

夜幕降临后，车厢会在某个固定时段自动熄灯，这样规律的作息像极了学生宿舍。躺在那个不足一米宽的小床上，总会让人想起学生时代睡在宿舍床铺的情景。只不过火车上的床更窄，翻一个身，就来到床的边缘了，再往回翻一个身，就又挨着里面的墙了。在没有电脑和电视的时光里，听歌是一种最好的消遣方式了。在你悲伤的时候，音乐能让你忘掉烦恼，陪伴你疗伤；在你喜悦的时候，你会随着音乐的律动摆动。我想这就是所谓音乐的魔力吧。伴随着火车的轰隆声，内心滋生一种温馨安逸的幸福感，然后甜甜地睡去。

当清晨第一缕阳光穿过挂着轻纱的窗，照亮了整个车厢，我顿时睡意全无，知道美好的一天已经开始。坐在车厢过道的座位上，透过车窗，俯览外面的世界，我发现世界开始复苏，植物散发着生机，天空如此湛蓝，万事万物都在透露着强大的生命力，这些画面和场景是乘坐飞机时不曾见到的。火车驶向目的地，好似一段追梦的过程，车速不快，却稳扎稳打。车轨每转动一次，就离梦想更近一步。

每年春节前夕，是一年一度的春运，外出工作和求学的人总会选择在这时候回家和亲人们团聚，这或许是他们为数不多的和家人们团聚的时光。从他们踏上火车的那一刻，他们已经开始迫不及待，内心中浮现出一幅幅其乐融融的画面。火车在春运期间承担着最重要最繁忙的工作，除了把乘客们安全地送往目的地外，还带去了那份无法用言语表达的浓浓的乡情。

有人说，人生就像一场旅行，不在乎目的地，在乎的是沿途的风景以及看风景的心情。人生如此，人在旅途更应如此。

旧情人

　　无论和旧情人的分手有多么痛苦，尽快地从失恋阴影中走出来的最好方法就是寻找新的恋人。

　　一旦找到新恋情，旧情人就毫无存在感了吗？这显然不是一件容易的事。人是矛盾的个体，希望这一个比上一个好，这样来说，对比变得不可避免，吃着碗里的菜，却还想着锅里的，这碗里的菜想必也不是滋味。

　　由于和旧情人相处的时间比较长，即使分手了，彼此还保留着双方在一起时的一些生活习惯，这是为了纪念这段逝去的爱？还是心中余情难了？我想如果你真的爱过，你的内心总有一个位置是用来怀念他的。

倘若某一天，你从双方共同的朋友那里听到了那个人的名字，你的身体不由自主地颤抖了一下。朋友以为你想知道他的事，于是告诉你他的近况，你听着，想着曾经两个人在一起的美好时光，然后内心开始自我发问，那时是因为什么分手的呢？是不是因为当时双方都太年轻了呢？那时为什么闹得非分手不可呢？他和你一样没忘记曾经的甜蜜时光吗？他现在有新的恋人了吗？

和旧情人分手，许多是客观现实导致的，如毕业后各奔东西，工作变动等导致的距离拉扯，或来自家长的反对，或因年少气盛不懂得沟通、宽容，不知如何挽回等。总之，当初就算以分手收场，内心仍有不甘和不舍。所以日后每每午夜梦回，总会想起和他一起走过的曾经的路，一起听过的悲伤情歌，一起看过的午夜电影，回忆缠绵得好似还能再爱一回；想念他的一颦一笑，一低头的温柔，就像陈奕迅的那首歌词：我多么想和你见一面，看看你最近改变，不再去说说从前，只是寒暄，对你说一句，只是说一句，好久不见。

要是你当时多去包容他，也就能够彼此迁就；要是你那时再成熟一点，也许就能更珍惜这段感情；要是当时你们晚一点认识，也许就能走进婚姻的殿堂了。现在回想同他在一起的日子，还是挺快乐的。

美好的回忆最难消受，感情有时是依靠着回忆来滋养，时间冲淡了往事，却留下了好像比原来更诗意的感觉。教育家苏霍姆林斯基说过："一个好女人，是男人的一座伟大学校。"毫无疑问，在男人的一生中，女人是促使男人成熟的最好的催化剂。只是旧情人播种起来的爱的种子还没结果，就已经离开，她只扮演了启蒙老师的角色，陪伴你走向成功的老师却另有其人。

曾经深爱的那个人俨然是熟土旧地，宛若故乡的一片山河。那时的你发现世界变小了，你的眼里只容得下他，随后他的离开，让你备受煎熬，让你开始不相信爱情了。直到一天，你终于死心了，幽幽地转过身去，才发现背后还有另一片山河，于是你又开始相信爱情了。

我想有些东西是没法挽回的，有些人错过了就没法重来。对于旧情人，我们应该做的是：倘若有一天，你得知他过得比你好，那么你应该庆幸曾和他度过了美好时光；倘若有一天，你得知他过得不如意，那么你应该祝愿他的生活会越来越幸福。

西装控

　　小时候的我对西装有着强烈的好奇心，长辈告诉我那是长大后才能穿的衣服。于是我期待着长大，期待着被西装包裹下的我是一个怎么样的人，也在暗暗羡慕着那些穿西装的大人，觉得他们英姿飒爽，是成功人士的一个标志，渴望着成为穿西装人潮中的一员。

　　西装又称作西服，是一种舶来文化。西装之所以长盛不衰，很重要的原因是它拥有深厚的文化内涵，主流的西装文化常常被人们打上有文化、有内涵、有绅士风度、有权威感等标签，西装革履常用来形容文质彬彬的绅士俊男。有人说男人的衣橱，不在于多而在于精，要注重品质与品味方显格调。作为男士服装王国的宠物，西装是企业和政府机关从业人员在较为正式的场合男士穿着的一个首选。

在很多异性的眼中，穿西装的男人第一眼会给人安全感，肩膀总是又宽又挺。在正式的社交场合总能清一色地看到此类穿着，西装男大多遵守规则，情绪较为稳定，看上去绅士有礼貌，踏实内敛，总会给人一种舒服顺眼的印象。那些流里流气，行为粗俗，一身痞气的人，即使穿着象征文雅的西装，也会给人一种不协调的感觉。虽说女人更欣赏有内涵和才气的男人，但如果连外表给人不甚得体的感觉，大概她们也不想去挖掘他们隐藏在内心深处的人性了，至少面上过得去才会愿意更进一步地了解。

西装是求职者增加成功率的武器之一。一身黑色西装搭配白色衬衫，黑色皮鞋，外加一条衬色的领带，给人一种自信满满的样子。如果我是一位面试官，会对在着装上花心思的人留下一个不错的印象，觉得他们重视这份工作，渴望得到这个职位，对自我有较好的约束力，也渴望给别人展现一个干练精神的面貌。我无法确定这类人日后能否成为一个优秀的管理者，但我相信他们会是一位敬业的好员工。

着装也成为约会成功与否的关键因素，首先约会时女生总会先从男生的穿衣风格打量对方。当牛仔服、皮裤、运动装、花式衬衫或背心出现在约会中时，总会让女生对男生的第一印象大打折扣。如果说正式西装给人感觉是呆板和不懂浪漫的话，休闲西装无疑是稳妥、保险系数高的穿着了。每一个新时代的女生总说自己缺乏安全感，她们偏爱大叔，喜欢成熟稳重的男生，西装无疑让每一个男生都能展现这样的特质。

随着社会发展，男生穿衣也开始讲究舒服自在，穿西装也不会直接和成熟稳重划上等号了。成熟稳重是一种由内到外的气质，一种时间积累后的阅历，一份岁月磨砺后的淡定，这岂是一件衣服所能给予的呢？

我发现现在的商人、老板、企业家，都喜欢穿休闲装，给人一种随和、亲切、没有距离的感觉。他们不需要靠西装的包裹去显示自己的地位，增加自己的逼格，来彰显自己成功的一面。那些每天穿西装的大都是求职者、房产的置业顾问、酒店大堂员工以及保险从业人员等。他们每天起早摸黑，对顾客笑脸相迎，对领导毕恭毕敬，付出的不比任何人少，得到的却没有别人那么多。他们中的一部分并不喜欢现在的工作，却没有更好的选择，此刻承受着巨大的压力，却依然在工作时面带微笑，试图调动出自己最好的精神面貌。我可以想象得到他们心里的抑郁，工作中灿烂般的微笑，是为了生存，是为了提高业绩，是为了能顺利缴上下个月的房租。

西装很漂亮，让人看着舒服养眼。但我们从来都知道，女生爱上的是被西装包裹下的那个让自己心动的人，而不是那件精美的外套。

那些关于坐飞机的事

飞机场的 10:30

十点半的飞机场，乘客并不算太多，这只是一个普通的工作日，普通得让人记不住具体的日期。偌大的航站楼显得空旷，从顶部照射下来的白光明亮得略显刺眼。

人们拖着行李朝着各自的方向走去，与在商场闲逛时的步调不同，行走在机场里的人大部分都是步履匆匆的，他们的神态中有些许紧张，对于他们来说，用最短的时间办理好登机手续才是眼前最应该做的事情。乘客最不愿意看到的是因为自己的迟到而错过了登机，这不仅会让那张登机牌彻底变为废纸，还会浪费宝贵的时间，打乱之前安排好的计划。因此，谁都不想成为落单的一个。

偶见有乘客睡眼惺忪地从身旁走过，拖着拉杆箱和公文包，头发因为没有打理而略显凌乱。想必昨晚因为工作加班而没有睡饱，今天或许接到了临时通知而不得不整装待发。我们每天都在为生活而奔波，为工作而努力，为幸福而奋斗，让工作占据生活的大部分时间，却很少有人去停下脚步发现生活中的美。

对于赶时间又有一定经济能力的人来说，飞机是众多交通方式中最快捷的一种。然而赶飞机却不是一件轻松的事情，我们一般都会在飞机起飞前一小时就到达机场。如果你的家距离机场足够远，那么你需要在起飞前三个小时就从家里出发。如果你的行李笨重不易携带，那么你还需办理托运手续，到达目的地时还需在指定的行李转盘处提取。

每次在机场总会发现个别航空公司的柜台前围满了乘客，大家神情激动，你一言我一语，好像随时都会引发一场肢体冲突。原因大同小异，无非是航班因为机械故障或交通管制而被迫取消或延误起飞时间，从而耽误了乘客的预先计划。在这个时间就是金钱，效率就是生命的年代，浪费时间就像是慢性自杀，所以对于那些情绪激动的顾客和险些失控的场面我们也就见怪不怪了。对于雷雨、多雾、大雪等恶劣天气影响正常能见度而造成不能飞行的情况，绝大多数的乘客都是可以理解的。那么冲突点在哪里呢？在于取消航班后的补救措施和后续服务。只要试着和乘客们好好沟通，那么就没有解决不了的问题。

如果乘客得知自己购买的航空公司航班被迫取消，而跑去机场该公司柜台寻求解释和帮助时，该客服查询后回复：对不起，你这张机票是在手机某 APP 上购买的，我们公司已经取消了和该购票公司的业务合作，你可以拨打该购票公司的客服热线寻求帮助，然后一副事不关己高高挂起的态度。随后无论这个乘客说什么，该客服都爱理不理的，想必听到这样的答复，乘客的心里都会冒出无名之火吧。

　　在机场有时也会发生一些有趣的事情，都知道现在很多卫生间的洗手台都安装的是自动感应的洗手器。这对那些不常坐飞机的朋友来说就出了难题。这种水龙头既不是螺旋式、升降式的出水开关，也不是把手柄往上一抬即可出水的抬启式，在龙头附近也并没有发现可以出水的按钮。因此他们一度认为是不是这个龙头坏了？去隔壁的洗手台再次尝试，而第二次失败后，总会本能地看看身旁的乘客是如何使用这个"高科技产品"的，发现对方也没有做什么特别的手法，自来水就乖乖地流到他们的手上了，这让他们有些费解而傻傻地站在那里无所适从。当我偶遇这种情况时，我总会热心地告诉他们个中原因和使用方法。他们听到我的讲解后，方才恍然大悟，这可比他们想象中的简单多了。他们真挚地表达感谢，我却觉得这是应该做的，帮助别人而获得的喜悦无以言表。

冲上云霄

晚到机场的心情总是焦急的，而等待登机的这段时间也略显无聊。有的乘客选择闭上眼睛打个盹，把没睡够的觉补回来；有的乘客也会从背包里拿出书籍和杂志，这些一看就知道是平时有阅读习惯的人；大部分的乘客则做起了低头族，玩起了手机。对他们来说，在这段无聊的时间，玩手机是最好的一种消遣方式了。

当广播响起可以登机的消息时，大家有序地形成一条长队伍，然后逐一验票通过检票口，快速往机舱走去。先进机舱是有什么特殊的福利吗？这当然没有，无非是行李架上有很多的位置用来放置行李，你不必担心别的乘客因为没看清登机牌而坐上你的位置。这仿佛是占据了一个心理优势，其实先进和后进，坐前面位置和坐后面位置并没有什么不同。

与乘坐国际航班不同的是，国内航班起飞后一律不允许打开手机，手机设置成飞行模式也是不行的。而国际航班是允许使用飞行模式的，因此有些乘客就想当然地认为使用飞行模式的手机是没问题的。我想每一个地方都有每一个地方的规章制度，既然国内是这么规定的，我们就应该严格地遵守。这是对自己生命安全的负责，也是对身边的乘客生命的负责。当我们在乘机时发现有乘客在飞机起飞时并没有关闭手机，作为好市民的我们应该善意地提醒他。而不是瞟了一眼后，心里默默地说了一句：who care! It's not my job.（无所谓，那跟我无关）。

记得几年前还在念书的时候，那会出去旅行，有段时间很巧合地乘坐的都是小型客机。那种小飞机就是乘客没那么多，机舱里显得狭窄，前后座位的间距并没有那么宽敞。偶遇人高马大的中年男子坐在前排，待飞机起飞后就迅速地把座椅靠背向后调到最大幅度，然后心安理得地会起了周公。原本就不算宽敞的空间，被挤占了一部分，实在是不太舒服，有种被锁在座椅上不得动弹的感受。我本可以通过调后自己的座椅靠背去把被挤占的那部分空间给弥补回来，可又担心后排乘客像我反感前排乘客那样反感我，然后恼怒的传来一声"啧"来表达对我行为的不满，那样被嫌弃的声音会让我感到不安和自责。为了让这个"多米诺骨牌效应"得以终结，我只会更警觉地要求自己不要动，就这样忍受着就好了，反正两三个小时就可以到达目的地。那时的我又善良又胆小，害怕被别人讨厌，在意外界对我的看法，并没有活出自我。工作的这几年，改变了很多以往的想法。如果再次遇到类似的情况，我想我就不会如此的忍气吞声了。

都说天下没有免费的午餐，这句话也开始在航空公司的班机上适用起来。某航空公司为减少航空餐食的浪费现象，同时为旅客提供多样化的餐食选择和体验，取消了所有航线经济舱的免费餐食，并提供机上付费点餐服务。现在我们乘坐该航空公司的班机，只能得到一瓶免费的矿泉水。如此一来，餐食的成本和费用就大大降低，但很多乘客就可能会饿肚子。毕竟大家选择了眼下最昂贵的交通工具，又要花钱才能在机舱吃到餐食。这样的一种新形势，乘客一时半会还接受不了。等到空乘开始推着小车，把所谓多样化的餐食展示出来的时候，我们这才恍然大悟，原来就是超市的那种用烤箱加热的半成品食物。所以很多乘客宁愿饿着肚子，等到达目的地后，再去选择自己想吃的食物。有时我很不巧地乘坐的就是该航空公司的班机，对于付费才有餐食的新规定也能理解和接受。既然我对于类似盒饭、用烤箱加热的食物接受不了，那我就希望闭目养神，一觉睡到着陆。可往往睡到一半，机舱的灯光又被调亮，乘务员们又开始推着小车，大声地推销着飞机上的商品，最后居然开始做起了登机牌拍卖的活动。所以对于那些飞机上没有餐食，又不让你好好睡觉，打着廉价航空的旗号然而机票价格却并不便宜的航班，就不建议去乘坐了。

人生就像坐飞机，不管飞得再高再远，重要的是安全到达。飞机也终究会着地，但那并不是终点，而是另一次的启航。

角色的转变

　　一部好的电影，除了需要好的剧本之外，还需要有好的角色塑造。好的角色会让人记住一辈子，曾经辉煌的香港电影，塑造了许多让人印象深刻的角色，它们像一座座里程碑，成为无法超越的经典。

　　你有些什么样的角色呢？你喜欢别人如何称呼你？有些角色会随着你年龄的增长而转变，而有些角色会随着你的职业而转变。无论怎么转变，你还是你。这个世界和你名字一样、生日一样的人数不胜数，但你依然是那个独一无二的你。

　　记得小时候我总是家里最被照顾的一个。那时的我觉得自己集万千宠爱于一身。每逢过年过节去爷爷奶奶家吃饭，他们总是杀鸡炖鸡汤招待我们。鸡汤上桌后，家里的长辈总是习惯性地把鸡腿夹到我的碗里，仿佛用眼神告诉我那是我应得的。后来我开始长大，多了堂妹表妹，再后来自己也有了妹妹，于是我开始主动夹起了鸡腿送到她们的碗里。这几年表兄堂兄陆续结婚生子有了小孩，每当这些小家伙见到我，总是甜甜地叫叔叔。刚开始心里咯噔一下，啊，是哦，后来也开始渐渐习惯。现在过年过节，大家还是保留以前的习惯，去爷爷奶奶家团聚。餐桌比以前的更大，家庭成员比以前更多，四代同堂，好不热闹。我想如果现在的鸡，能够长出三对鸡腿，那六分之一的鸡腿也未必能到我碗里。于是我暗暗地自言自语道："哥是吃鸡腿长大的，鸡腿这种小孩子吃的东西，我已经吃腻了。"人总是在不知不觉中长大，小时候我们习惯了受到长辈的呵护，觉得所有好的东西理所当然就是自己的，直到有一天我们成为了别人的长辈，看着那些小朋友们幸福快乐的模样，让我们不免想起自己的童年，曾经我们也曾那样幸福而又无忧无虑。

平时外出也会搭乘地铁，因为方便、省时又环保。有一次恰逢放学下班的高峰期，车厢里开始挤上了很多人，在我旁边有一个学生，从外形、身高判断是一个初中生。吸引我的并不是学生那张清涩的脸，而是他背上的书包。都说现在学校在开展减负，可成效却并不显著，学生依然有做到深夜的作业、上不完的补习班。装满各种课本的书包像一只裹满糯米的肉粽那样鼓鼓囊囊，他瘦弱的身躯因承受不了那只书包的重负而出现轻微佝偻。于是我站起身，把位置让给了那个学生。那个学生露出了会心的笑容，那种笑容仿佛是一种压力的释放和解脱，于是他说了一句"谢谢叔叔"以表达感谢。啊，我才工作不过 4 年，原来已经迈入叔叔的行列了。

我想我与大学时期最大的差别不在于容貌上，而在于环境、心态和社会阅历上。大学时候的圈子在校园，大部分时间面对的是同学和老师，如今我的圈子在社会，什么样的人我都有可能遇到，我面对的是全世界，这不就是一种成长和转变吗？这样一想，我开始变得释怀，而后越来越习惯比我年轻的朋友给我的新称呼了。

记得高中时期，我是一个偏科比较严重的人，文科得心应手，理科却叫苦不迭。刚上大学的头一年，我心态很浮躁，贪玩又静不下心来。大二那年的暑假，一份餐厅兼职服务员的工作改变了我的看法和心态。那时的我常常告诫自己，如果不好好地读书，学好各种本领，那这份兼职的工作或许就要成为我的终生职业了。因为相较于理科，我更偏爱文科，于是开始尝试看各类书籍为自己充电。后来发觉看书可以让内心变得平静，不再浮躁，也能获取一些别的途径所得不到的知识，于是把这种尝试变成了习惯。看到作家那些优美文字的同时，也在暗暗钦佩这些靠文学创作为职业的群体。那时心里埋藏了一颗希望的种子，希望自己也能成为他们中的一员。

大学毕业后，我决定出书，想用文字的形式与大家沟通。其间我看了大量的书藉，走过了许多的地方，遇到了很多的困难。认准一个目标就勇往直前的信念让我坚持下来，2014 年我的第一本作品《邂逅青春》出版发行，就这样我从一个文科生变成了文学爱好者，最后成为一位作者，而且我也有自己的书迷了。小小的光环和成绩并没有让我冲昏头脑，对于写作，我资历尚浅，只是作者圈的一枚新人，至今还没有写出有说服力的作品来。但只要一步一个脚印，谁知道日后会是什么样的呢？

人的一生会担任很多的角色，你会成为别人的儿女、父母、爱人、老板、员工、朋友……人生犹如一场盛大而华丽的戏，我们有着不同的面目，扮演着不同的角色，演绎着不同的经历，却有着相同的渴望，希望每一面都是美的。

乒坛李宇春

　　她是国家乒乓球队中的一员，是名副其实的 90 后，是体坛最具偶像气质的运动员之一，她就是丁宁。

　　丁宁，1990 年出生于黑龙江大庆市，6 岁开始打球。她的父亲曾是速滑运动员，母亲曾是黑龙江女篮的队长，父母优良的运动基因，让丁宁理所当然地成了体育人中的一分子。2009 年，丁宁获得职业生涯首个世界冠军，从而跻身主力层，截至目前共收获了 13 个世界冠军头衔。她迄今为止获得的最好的成绩是两届世锦赛单打冠军，两届世界杯单打冠军，2012 年伦敦奥运会乒乓球女团冠军，距离乒乓球大满贯只差一步之遥。伦敦奥运会，丁宁遗憾地获得了女子单打银牌，泪洒现场，让人惋惜。4年后的里约奥运会，丁宁依然在为她的大满贯目标而努力着。

不要以为丁宁只是乒乓球打得好，其实她是名副其实的全能王，唱歌、跳舞、主持，身为球员的她都不在话下，样样精通。还记得2012年CCTV体坛风云人物颁奖盛典上那个惊艳四座的表演吗？开场的那句"我的心里只有你没有他，你要相信我的情意并不假"。这完全是"春春"上身，想必大家都知道这是李宇春的成名歌曲《我的心里只有你没有他》，在丁宁的演绎下，歌曲有了不一样的味道。她不是李宇春，然而当她站在舞台上尽情歌舞时，看上去就是大牌风范的李宇春。如果不是乒乓球运动员，我想她会是一位优质的偶像明星，172cm的身高在华语女明星里算得上是出类拔萃的，她有着开朗自信的微笑，这样的特质会是广告界和各类时尚杂志的宠儿。明明可以靠脸吃饭，她却选择要用球技征服世界。

丁宁用自己的阳光性格和满满的正能量赢得了大家的喜爱。她身为体坛明星，却也有自己喜欢的明星，像玄彬、东方神起、李宇春、beast等。具有典型双子座性格的丁宁，对新鲜事物有很强的好奇心，也愿意去尝试。在很多活动节目中，主持人总会邀请丁宁现场秀一下嗓子，献唱一曲。丁宁总是二话不说，直接亮嗓。其实她只是放得开，敢于尝试而已，并没有太多的秘诀。除了平日里枯燥的训练，休息时的丁宁也和大多数的女孩一样，看韩剧、逛街、吃饭、买衣服、看电影。其实运动员一旦脱去球场上的战袍，平日里的生活就和普通人一样，并没有什么不同。

丁宁外号"大宝贝"，至于为什么这么叫，有什么特殊的寓意，就不得而知了。仅从字面上看意指少有的或宝贵的人。凭借帅气的外形、健康的形象、骄人的运动成绩，丁宁"俘虏"了一大批的球迷。2011年丁宁因为接连获得了世锦赛和世界杯单打的双料冠军，粉丝数量呈现几何级的增长。她的球迷被称为"叮当"。叮当们来自五湖四海，有小朋友，有成年人，也有年过七旬的老人。不同的年龄，不同的身份，却有着相同的偶像。原本素不相识的他们因为喜欢同一个运动员而开始结缘，他们自发地组织后援会、QQ群、微信群等，大家通过这些社交平台畅所欲言，侃侃而谈，原本单调乏味的生活因为偶像而变得有意义。

球迷们都有自己的工作和学业要忙，但总会在丁宁比赛的时候来到现场为其加油呐喊，你会发现每当电视上转播丁宁的比赛时，现场粉丝的加油分贝总会很大。没错，这都是叮当们的杰作，这是粉丝的力量。球迷们也十分体谅，比赛前从不找丁宁签名或者合影，这让丁宁可以专注地准备比赛而不被分心和打扰。纵观丁宁的乒乓球生涯，有亮点，也有遗憾；经历过高潮，也掉入过谷底。让丁宁感动的是，无论成绩好与坏，赢球或是输球，球迷都一如既往地支持她、相信她。都说经历过挫折的人往往更懂得感恩，能取得一系列比赛冠军的丁宁除了平日的刻苦训练外，也离不开球迷们不离不弃的陪伴。因此丁宁非常感谢球迷们的支持，每当比赛结束后，在条件允许的情况下，丁宁总会满足球迷们的心愿，签名、合影、聊天，忙得不亦乐乎。这一刻他们不再是偶像与球迷的关系，更像是朋友。

如果说莫斯科团体赛的失利是丁宁职业生涯无法忘却的伤疤，那么伦敦奥运会女单决赛则称得上是丁宁职业生涯致命性的打击。四年磨一剑，却在一场比赛后化为泡影，这一切仿佛就像一场梦。乒乓球大满贯对于每一位乒乓球运动员来说都是一个至高无上的荣誉，目前能拿到大满贯荣誉的球员不多，达到此成就的女运动员更是屈指可数。丁宁算不上身各方面条件都很出众的球员，但她靠着自己的勤奋和努力，一步步朝着自己的梦想迈进。她的目标绝不是仅仅获得世界冠军而已，而是渴望着比肩师姐邓亚萍、王楠、张怡宁成为大满贯俱乐部中的一员。4 年一个奥运周期对于国外球员来说并不算什么，这次不成功，下个周期再努力。但对于高手如云、人才济济的中国国家乒乓球队来说，难度之大可想而知。

对于丁宁这样的乒乓球国手来说，拿了亚军并不是值得骄傲和自豪的事情，而是一种失败。失败并不可怕，难的是如何从失败的阴影中走出来，并重新出发。面对主持人和记者对于伦敦奥运会女单决赛的采访，丁宁对于那场比赛的细节已经回想不起来了，但对于裁判对她判罚的节点还记忆如新。用她的话说，她不是败给了对手，而是败给了裁判。关于那场比赛，丁宁渴望着忘记，但无论怎么忘记，总会有人提起那场球，这总会勾起她不愉快的记忆。于是丁宁发现既然遗忘不了，逃避不了，那就要敢于正视它。

逆水行舟，不进则退。丁宁把目光着眼在2016年的里约奥运会上，面对国家队内部的残酷竞争，只是保持现有的水平肯定不够，必须要不断地改变和进步。从前丁宁给人的感觉总是稳定有余，凶狠不足，爆发力一般，缺少致命一击，以至于面对削球选手时总是打得很费劲。针对这些问题，丁宁除了加强平日的力量训练，也在调整自己的技术风格和打法。但改变的过程漫长而曲折，一旦输球后又不免自我怀疑这样的改变是否正确，这条路能否走得通。从2013年到2014年历时两年的时间，用纠结来形容丁宁并不为过。对于高水平运动员来说，一项或一组技术的改进，要通过反复的历练，才能真正变为己有。丁宁在保持着强大的相持能力的同时，也提高着前三板的质量和进攻的威胁性。想要在技术环节改变，必须要忍受输球。但再怎么害怕，怎么难，也得熬过去，因为金字塔尖上只能站一个人，受不了这些苦就永远上不去。经过不懈的努力，丁宁终于在2014年获得了2个颇具分量的单打冠军——2014年亚洲杯女子单打冠军以及2014年女子世界杯单打冠军，为争取里约奥运会的入场券开了一个好头。

世乒赛作为里约奥运会之前分量最重的一次单项比赛，国乒的队员们都跃跃欲试、摩拳擦掌，渴望获得那个宝贵的冠军来为自己的奥运会单打名额增添砝码。比赛前夕，已经拿过一次世锦赛单打冠军的丁宁面对记者采访时说自己是国家队第六号单打选手。原因很简单，5个队友在开赛不久前全输过。但这样的定位并非给自己卸下包袱，世乒赛的重要性不言而喻，丁宁就是奔着这个冠军而去的。开赛后，丁宁一路磕磕绊绊，四分之一和半决赛都是4∶3赢了两位国家队队友，决赛的对手是从小打到大的队友刘诗雯。但这场决赛堪称世乒赛历史上最具争议和话题性的比赛，丁宁在开场3∶1的局分领先，随后被刘诗雯顽强地把比分追到了3∶3平。在决胜局0∶2落后时，丁宁在远台一个救球时因为重心不稳摔倒而导致扭伤脚踝，她痛苦地抚摸着自己的脚踝，长时间不能起身。比赛不得不因此中断，丁宁申请了10分钟的医疗暂停，队医为其进行包扎和冰敷，经过简单处理后，丁宁一瘸一拐地带伤作战。有那么一瞬间，丁宁也有想过弃权，但比赛都打到决赛决胜局了，这样放弃了太不甘心，直觉和本能告诉丁宁应该坚持打完比赛。由于脚不能大面积跑动，丁宁的站位离球台更近了，站在中间，打能接到的球，需要跑动难度大的球就无可奈何了。良好的心态，顽强拼搏的精神帮助丁宁奇迹般地赢下了这关键的一局，从而收获了这个来之不易的冠军。

比赛结束后，媒体对这场比赛的评价褒贬不一。有评论说很多人难以相信丁宁能在那种情况下取得胜利，她真的是一个活生生的传奇。以后人们不会记得刘诗雯委屈的眼泪，但会记住丁宁的坚持。有评论说，刘诗雯最后挺难，赢也不是，不赢也不是，意外发生后，她都不敢看丁宁了，不能把对手当作对手，却还要打，这是最痛苦的。刘诗雯可能不是一个好球员，因为她没有为胜利不顾一切，但她却是一个有情感的人。有一些极端的媒体更是直言丁宁明显在表演，有诈伤的嫌疑，说这是利用规则漏洞的策略，堪比女子网球场影后的阿扎伦卡。

媒体是具有导向性的，良好的评价可能会带给球员正面健康的形象，不好的评价有可能带给球员负面的形象。世乒赛那些负面的报道引导着一群中立的球迷，使他们对丁宁的好感度下降，转而去同情刘诗雯，更有极端恶劣的网友直接在网络上称丁宁为"影后""丁春秋"（金庸小说《天龙八部》里的反派人物）。这让一向以乐观、真实、开朗著称的丁宁感到受伤。但这些争议和负面评价依然不会改变丁宁的奥运梦、大满贯梦。丁宁在养伤和改进技术风格中缓慢前进着，功夫不负有心人，丁宁带领北京首钢俱乐部获得了2015年乒超联赛女团冠军，随后又在年底的乒乓球世界巡回赛总决赛上夺得女单冠军。

2015年的出色表现为丁宁的奥运会单打名额增添了重要砝码。我们改变不了别人的看法，但我们可以做好自己。冠军是打出来的，不是让出来的，一个个靠自己努力而获得的冠军，粉粹了谣言，让那些质疑丁宁的人不得不另眼相看。作为运动员，最重要的事莫过于取得更好的成绩，为国争光，这才是一个优秀运动员的最大价值。

从哪里跌倒，从哪里爬起，没过多久，丁宁将第二次展开奥运之旅。都说爱笑的女孩运气总不会差，4 年前上帝和丁宁开了一个玩笑，让丁宁的成功晚来了 4 年。我们有足够的理由相信，丁宁会在奥运会的赛场上为我们带来惊喜，完成自己的梦想。让我们祝福丁宁，祝福这位乒坛的李宇春。

（注：本文写于 2016 年里约奥运会前夕，在里约奥运会比赛中丁宁获得了女子乒乓球单打冠军，成为了世界女子乒乓球第五位"大满贯"得主。）

缘来真奇妙

　　世界上有 70 多亿人，两个人在一起的概率大概有七十亿分之一，这样的概率比彩票中奖还要低得多。用什么才可以解释这么小的概率，遇见真命天子这件事呢？那就是缘分。

　　相识是缘起，相知就是缘续，相守是缘定。相爱的两个人是通过什么样的方式走到一起的呢？他们可能是同学、校友，把校园中的缘分延续至今；他们可能是同事，在共同的工作环境中摩擦出爱情的火花；他们可能是网友，在社交软件上聊得火热，最后由虚拟世界走向现实世界；他们可能通过熟人介绍相亲认识，最后真的变成了相亲相爱的伴侣，这些都是些比较常见的方式。

身边总有一些特别的朋友用一些特殊方式让两个人最终走到了一起，让人不禁感叹缘分来的时候真奇妙。有一对上海的情侣，男主角 M 先生在浦东一家银行上班，女主角身材高挑、长发大眼，有一辆白色的宝马 Mini Cooper 座驾，我称她为酷派小姐。去年 5 月，M 先生注意到了这位酷派小姐和自己住同一个小区，并且车位就在离他不远的转角处。酷派小姐无论外形、身高还是坐驾都符合当下"女神"的定位，这满足了 M 先生对异性的所有要求和幻想，于是 M 先生每天上班都会瞟一眼她的车是否开走了，如果还在，他就会坐在车里等几分钟，就当是预热发动机，看到女孩进了车库，他会闪闪灯或是按两声喇叭对她打招呼。但不知道有意无视还是没在意，女孩从来没搭理过他。

当这个有意为之的小举动成为一种习惯后，M 先生对女孩的好感与日俱增，不知不觉地持续了一个月，M 先生发现自己似乎是喜欢上了这位女孩。闪灯和按喇叭的方法看来要以失败而告终，在车库直接搭讪要联系方式又显得过于刻意而唐突，这让恋爱经验不多的 M 先生开始纳闷，难道女神都是高冷范的吗？左思右想后，他决定铤而走险用一个略显极端的方法，来认识这个漂亮的邻居。

6 月的某一天早晨，M 先生比往常早了 20 分钟来到车库，在车里等着女孩的到来，8 点左右，她走进车库，M 先生装作才进车库不久，发动了汽车。看到她的车子往车库出口驶去，他开始实行邂逅爱情的计划，踩着油门跟了上去。忽然，两辆车都停了下来，原来 M 先生用他的大众"菠萝"吻上她的宝马 Mini Cooper 的尾部。酷派小姐愤愤地走下车，看了看被撞的车尾说："在车库也能追尾，你是怎么开车的？"这是女孩对 M 先生说的第一句话，这表示预设的计划已经成功了第一步。M 先生表面上假装淡定，内心的喜悦不形于色。"我的车子刚买来不久，你就给我整出这么大的疤，而且我 9 点就要上班，怎么办？你快点给我解决了！"对于女孩的怒气冲冲和步步紧逼，M 先生略带歉意地说："实在不好意思，我一定帮你处理好的，保证赔付所有的修理费，不会让你有半点损失。"面对 M 先生诚恳的道歉，酷派小姐依然觉得很是窝火，觉得今天是倒大霉了。"这几天我负责送你上下班可以吗？我的车先烂着，这几天你就安心修车，留下你的电话号码。要去哪里我负责。"M 先生对她说。眼下也无法立即解决问题，在这个没有车子就寸步难行的大都市，有人负责接送也算是省心不少，酷派小姐考虑了一下，答应了。

于是受伤的"宝马"和"菠萝"就这样一前一后地驶出了小区的地下车库，朝着宝马 4S 店开去。在 4S 店里，M 先生这才知道女孩叫赵婉婷，一个像琼瑶小说里人物的名字，充满着温婉和柔美之感，M 先生在心里牢牢地记下了它。办完了相关手续后，酷派小姐坐上了她口中的那辆"桑塔纳"车，M先生接着要把她送到工作单位去。一路上，M先生了解到她是一所大学里的美术老师，目前还是单身。这让M先生不禁在心中暗暗窃喜，看来接下来的计划都可以顺利开展了。快到目的地的时候，M先生自告奋勇地说："没有车子上下班挺不方便的，咱们又是一个小区的，下班后我来接你回家吧，我正好也顺路。"经过一路的简单交流，女孩对M先生的厌恶感已经渐渐消失，看他这个人也不坏，于是也算是勉强答应了。第一次见面就这样结束了，虽然这一路上也没有特别多的交流，但在M先生的心里已经产生了些许满足感。

下午下班后，酷派小姐走出单位大门，发现那辆"桑塔纳"如约停在了学校门口，而对于今天早上发生的那件郁闷的事情，她已经没那么生气了。于是这段回家的旅途还算愉快。第二天，M先生又约好了酷派小姐在那个熟悉的地下车库碰头，又如昨天那样先去学校，再去自己工作的银行。M先生原以为在车里的两人世界，可以很好地进一步了解，没想到自己如此害羞，紧张得说不出话来。细心的酷派小姐发现了M先生嘴笨，不计前嫌，主动找话题找他聊天，这让M先生对她的喜欢有增无减。3天后，M先生付了酷派小姐两千多元的修理费，车库追尾事件也得到圆满解决。不过这不是两个人关系的终结，而是另一段关系的开始，经过这3天的朝夕相处，两个人成为了朋友，这果然是不撞不相识啊。

从那以后，M 先生每天给酷派小姐发微信聊天，一开始只用文字进行聊天，后来越来越熟后，就直接发语音。M 先生对酷派小姐的称呼也由原先的赵老师改成了婉婷。聊天中他们也发现了彼此有很多共同的兴趣爱好，如看电影、旅行、听流行音乐等。除了发信息，闲暇之余 M 先生也经常约婉婷出去玩，在相处的过程中，M 先生对她特别照顾。

俗话说要想征服一个男人的心，就要先征服他的胃，这句话对女生来说同样适用。大部分的家庭主妇为着心爱的家人忍受着刺鼻的油烟味，原本白皙柔嫩的双手每天还需要接受洗洁精和油烟的摧残。她们把所有的爱都放进了菜肴里，日复一日，毫无怨言，这样的坚持让我们不得不心生敬佩。与女人不同的是，男人的厨艺呈现两极化的趋势，要么就是一窍不通，生平唯一会做的菜肴只有番茄炒蛋，要么就是厨师级别的。

很巧的是 M 先生就是那种做饭很好吃的男人。在一次面对面的闲聊中，M 先生告诉婉婷，他会做饭，婉婷却表示不相信。M 先生颇有信心地表示："那我做给你吃，如果你觉得好吃，你就答应和我在一起。"婉婷并没有正面回答，而是用微笑予以回应。M 先生读懂了婉婷的笑容，彼此的心照不宣让 M 先生觉得自己离爱情更近一步了。

一个周末的晚上，M先生邀请婉婷来家中品尝他的厨艺。进门后M先生就倒了一杯水让婉婷在客厅看电视，然后就在厨房忙活起来。大约过了一个小时，M先生做出了五菜一汤，让婉婷顿时刮目相看，这对于两个人来说根本吃不完。M先生还拿出了进口的法国红酒招待婉婷，美食、美酒、美人，这一切组合在一起称得上是完美。吃过饭后，婉婷还像美食评委一样，点评了今晚做的所有的菜，她最喜欢的三道菜是：糖醋里脊、可乐鸡翅、番茄玉米汤。M先生的厨艺彻底征服了婉婷的胃和心，终于答应和他在一起了，他们的爱情火花从那一顿浪漫晚餐之后被彻底点燃了。

爱情终于来临，生活却还得继续。因为上班不走同一条路，同住一个小区的两个人上下班依然各自开着自己的车，每天下班后两个人都会待在一起。与婉婷交往后，M先生便向她坦白，那一次的撞车事件是他的有意为之，目的是为了接近她。婉婷听罢后，非但没有生气，反而挺开心的，她感叹了一句：没想到你这么老实的人居然想出这个鬼主意，真令人意外，不过一个男生用铤而走险的方式去认识你，渴望和你在一起，也挺让人感动的。后来周边的朋友们也相继知道了他俩相知、相爱的故事，纷纷直呼不敢相信，太不可思议。不过M先生却半开玩笑地告诫着那些想效仿这个搭讪方式的男同胞们：此举危险，请勿模仿。

哪里有真爱存在，哪里就会有奇迹。你和你的那个他（她）是怎么认识的呢？你的身边是否也有这样新奇有趣的爱情故事呢？无论你和她是以什么样的方式相识相爱，"缘"来真奇妙。

马路上的弱者

随着社会的发展，人们生活节奏的加快，汽车已经进入了越来越多的家庭，成了人们的主要代步工具。而车祸也已成为当今社会的公害，是和平时期人类意外伤害的主要原因。

生命是脆弱的，据统计，世界上每年约有 150 万人死于车祸，2000 万到 5000 万人因交通事故受伤。每天都有不少人因交通意外而丧生于车祸，而中国交通事故死亡人数排名世界第一。这样的世界第一并没有任何值得骄傲和自豪的地方，它像一个危险的信号，时刻提醒着这个脆弱的群体。

死去的人失去了生存的权利，家人的痛心疾首和号啕痛哭依然改变不了这个令人心碎的结局。分到家属的死亡赔偿金无法抹平失去亲人的伤痛。钱没有了可以再赚，生病了可以去医院，但生命却只有一次。有些人总在抱怨老天爷不公平，它让富裕的人更富，贫穷的人更穷。但在生命的角度，对每个人而言都是公平的，我们能做的只有珍爱生命，谨慎驾驶。

造成交通故事的主要原因不外乎以下几点：

1. 酒后驾驶。总有一些司机在饮酒后报着侥幸心理，在众人劝说下胸有成竹地告诉别人：我没问题。在酒精的作用下，反应变得迟钝，大脑无法在第一时间做出判断。在闯了大祸后方才变得清醒。只不过这样的醒酒方式代价有点大。

2. 疲劳驾驶。所谓疲劳驾驶是指司机在长时间连续行车后产生生理机能和心理机能的失调，而在客观上出现驾驶技能下降的现象，昏昏沉沉地驾车和酒后驾车一样危险。在开车过程中如发现自己有疲劳感，你可以把车交给同行具有驾驶证的人，也可以将车停靠在休息区或服务站进行适时的休息。如有上述情况，切勿为了抓紧时间而继续上路，你的争分夺秒可能会让你耽误更多不必要的时间。

3. 车辆超速以及司机急躁好胜。车速越快，事故越有可能发生，人体在车祸中受到的撞击力也会以几何数字递增。另外，超速行驶容易破坏汽车的稳定性与可操纵性，造成制动距离过长，导致因转动转向盘过急而翻车。

4.新手驾车。这些新手通常是刚取得机动车驾驶证不久，实际上路驾车经验少，还停留在纸上谈兵阶段的人。遇到道路上的突发情况时，会经常因判断情况不准确、处理情况不果断而与其他车辆发生碰擦或是追尾等事故。这类群体尤以女性居多，她们本身胆子较小，开车的时候容易紧张，在手忙脚乱之时经常把油门当刹车，把刹车当油门，最后导致事故发生。

现如今汽车已不再是有钱人的专属，汽车工业越来越成熟和市场化，车型和价位也开始有了更多的选择，经济型低油耗的小排量轿车也开始更多地进入了工薪阶层的家庭。面对越来越多的汽车驶上道路造成交通的拥堵和瘫痪，各地交通管理相关部门倡导"绿色交通"，开始实行汽车尾号限行的政策，呼吁市民出行多使用公交车、地铁、自行车等交通工具，这在一定程度上缓解了交通的拥堵情况。但面对着越来越多的汽车进入市场走向社会，这依然是一个刻不容缓的交通隐患。

当路上的汽车越来越多时，堵车就成为一种常态。有时在红绿灯口你需要等上好几个绿灯才可以顺利通行。原本40分钟能到达的目的地，因为堵车可能会花费1小时甚至1个半小时才可以到达。时间在等车的过程中一分一秒地流逝，原本可以充分体验驾驶乐趣的马路已不复存在，开车中的平静已变成了压力。其实每个人的心里都住着一个小恶魔，在日常的社交中它被压抑着、隐藏着。当外界环境对它持续不断地刺激时，它就会被释放出来，路怒症患者就是长时间在这样的环境中产生的群体。

说到路怒症，或许有些朋友还有点陌生。其概念最早来自国外心理学，是形容在交通阻塞情况下，开车压力与挫折所导致的愤怒情绪发作者会袭击他人的汽车，有时无辜的同车乘客也会遭殃。研究表明，相当多的司机都有这些症状，但并非每个那么做的人都明白这是一个病态。

那些开车的朋友，如果你有以下症状，那么遗憾地告诉你，你已经属于路怒症家族中的一员了。症状 1：开车骂人成常态。症状 2：驾车情绪容易失控，一点堵车或碰擦就有动手的冲动。症状 3：喜欢跟人"顶牛"，故意阻拦别人进入自己车道。症状 4：开车时和不开车时脾气、情绪像两个人。症状 5：前面车辆稍慢就不停鸣喇叭或打闪光灯。症状 6：危险驾驶，包括突然刹车或加速，跟车过近等。

在追求梦想的道路上，我一直是一位勇敢者，一旦确定了目标就会勇往直前，哪怕追梦的过程中遇到任何艰难险阻，我都不会想到放弃和退缩。但在马路上驾车我却是一位弱者。像刚拿到驾驶证时的心态一样，遵守着各种交通法规，不闯红灯，不超速。这样的表现致使我驾照每年的 12 分几乎都雷打不动的在那儿。但马路就像表演者的舞台，充满着太多的未知和不确定性，并不是做好自己就够了那么简单。我曾经经历过两次被追尾事件，让我至今记忆深刻。

一次是在云南地州开往昆明的高速路上，一切都是如此平静和顺利。在距离进城收费站还有两百米左右时，我早已放慢了速度，准备朝前方一个没有车的收费闸口驶去。一辆大货车此时在我的左边后视镜里出现，但速度依然挺快，也许机智的货车司机发现右边的收费口没有车辆排队，于是准备从我的左后方绕过去，但因为车身大，车速较快，司机放松警惕等因素，他向右打方向盘用力过猛，导致他的左车头将我车子右边尾灯撞飞了。随后交警赶来现场处理，拍照询问现场情况等，原本想节约时间的货车司机非但没能如愿，反而花费了更多的时间和金钱。

另外一次事件发生在城市的十字路口，我驾驶的车到路口时刚好遇到绿灯跳转，于是耐心地停下来等待下一次绿灯的到来。过了一小会，后面也开始陆续有车子停下，然后一不留神才发现我的车子被后面那一辆车子"亲"了一下。我赶紧打起了双跳灯，下车去查看具体什么情况。心里在暗暗地嘀咕着：车子停着居然也会被追尾，我可以去买彩票了。下车一看才发现撞我的那辆车子也被碰了。事后才知道他后面那辆车的车主眼看快到红绿灯了，就拿起手机查看了一条新信息，因此并没有注意车子在空挡时还在缓慢地往前挪动，等他反应过来时，车子已经和前面的车有一个"亲密接触"了。

近来，手机也成了交通事故的诱因，我们经常能看到许多司机一只手握着方向盘，一只手拿着手机和别人通话，还经常摆出一副胸有成竹的模样。更有甚者一边开车一边低着头在发短信和微信，危险程度可想而知。我想一个人每天都会被工作、家庭、学业、人际关系等大大小小的事情所围绕。但一旦失去了生命，一切都将变得毫无意义。因此，珍爱生命，谨慎驾驶应当是我们在马路上驾车一贯坚持的信条。

做马路上的弱者，做生活中的强者，如此，甚好。因为未来还有更多的梦想等着我们去追求呢。

一山不容二虎？

　　每对夫妻都有自己的相处之道，但相处模式不都是相敬如宾的，有时候争吵是不可避免。争吵对有些夫妻来说是一场致命的伤害，婚姻的堡垒在此刻开始出现裂缝，频繁的争吵最终会导致两人用心经营的堡垒土崩瓦解。但也有个别案例，吵架对于他们来说像是感情的调味剂，这样的小插曲并没有让两个人越走越远，反而让双方的感情更加如胶似漆。我身边就有这样的一对夫妻。

　　女主角年过40却依然貌美，思想成熟，性格独立。长相出众的她在学生时代就是学校的校花，交际圈广泛，口才一流，每当举办同学会，她总是最出彩的那一位。她骨子里有侠女情节，喜欢助人为乐，锄强扶弱。有时候帮着帮着，坏事情找到自己头上了，也依然淡然置之。她这样大气豪爽的性格，自然有非常好的人缘，深受朋友的喜爱。在工作中霸气外露，外出谈判气势逼人，做事情追求完美，多年的摸爬滚打换来了美好的结果，她最终坐上了公司总经理的位置。在事业上，她是有能力凌驾于所有人之上的女人，因此，久而久之就养成了爱使唤人的习惯，希望身边的人都听自己的指挥。我们背后称她为"女王范"。长时间高强度高负荷的工作压力下，虽然她能与朋友相处的轻松自在，却总会把工作中紧张易怒的状态带到家庭生活中。

女王范的先生低调成熟，生活规律，其貌不扬，是不抽烟不喝酒不赌博的三好男人，白手起家的他坚持用自己勤劳的双手创造财富，通过那么多年坚持不懈的努力，终于在事业上获得了一定的成就。大家偶尔外出聚会的时候发现他不善言辞，每当互开玩笑的时候，他总是不那么积极，无意中玩笑开到他时，游戏戛然而止，然后现场气氛略显尴尬。不知是性格原因，还是因为其在事业上的成功，总觉得他放不下面子，自尊心很强，不太开得起玩笑，我们称他为"爱自尊先生"。每当出现这样的场面他总会面红耳赤，显得不太自在。

外形并不匹配的两个人是如何走到一起的呢？女王范还没毕业的时候，男主角已经开始工作了。然后他发现有这样一个面容姣好的美女后，暗生情愫，决定把她追到手。在众多的追求者中，他并不是最高大魁梧的，也不是经济条件最好的，但他就是有一股非你不娶的架势。高冷的女王范岂是那么容易到手的？她就想看看谁是最爱她的那一个。众多的追求者在漫长的等待中开始动摇和退缩，人数逐渐变少。就这样花了 3 年时间，他们顺利地走到一起。这样的剧情算不上完美，但也足够励志。追这样的女孩子有时候就要死缠烂打，软磨硬泡，因为再坚固的冰山遇到了阳光后也会融化，然后变得柔软。

婚后的前几年倒也甜蜜，女王范夫唱妇随，两人做起了小生意，生活算不上富裕，但也算得上小康了。两个人都是有事业追求的人，并不甘于过普通的生活。两人都是在兄弟姐妹众多的家庭长大，条件十分艰苦，常常缺吃少穿，所以长大独立后都渴望通过自己的努力，让自己和家人过上好日子。经过不懈的努力，他们拥有了自己的房子、车子、孩子，生活走向了富足。

在社会上摸爬滚打的两个人与刚走在一起时相比发生了巨大的变化，当初的青涩和朴实在渐渐消失。财富增长的同时，工作压力也在增大，事业上的目标也变得越来越高，加上多了孩子，因此两人常常变得焦躁，理念略有不同，做事态度也不同的两个人经常发生口角。女王范总喜欢一件事情反复唠叨，想通过自己的三寸不烂之舌给对方洗脑，从而控制对方，让对方听取自己的意见。爱自尊先生话虽不多，但也很有自己的主见，生意场上的起起伏伏早已让他形成了自己一套做事的风格。当女王范想通过语言改变对方或是给对方施加压力时，爱自尊先生总是沉默不予回应。他曾经也试图用沟通去解决问题，但发现效果微乎其微，于是采取了隐忍不发的态度。他越希望息事宁人，对方就越不肯善罢甘休，讲话开始提高嗓门，语气开始变得咄咄逼人。就这样持续隐忍着，爱自尊先生像一只不停地被注入汽油的罐子，到达临界点后就会爆发，从而释放巨大的能量。有时候被惹毛了，大声呵斥一声，这就像我们常说的不鸣则已一鸣惊人。对于见惯大场面的女王范有时也被吓到了，但自己也是个要强的人，岂能说低头就低头呢？于是两个人开始陷入冷战。

但冷战往往持续不了多久，两人又握手言和。当初吵架的场景仿佛早已抛到九霄云外，两个人是谁主动求和也记不清楚。爱自尊先生是属兔子的双子座，女王范是属羊的天秤座，据说他们无论是属相还是星座都是绝配。尽管他们偶尔还是会发生口角，但这丝毫没有影响到两个人的感情，毕竟他们是如此深爱着对方。

"一山本不容二虎"，一只老虎长时期霸占着一个山头，权力和地位得到了保证，但却难免孤单落寞。如果两只老虎能互相尊重，各行其职，和平共处，那原本孤单的山头会变得热闹许多。两个性格要强的人走到一起，虽少了互补性，但如果能互相包容，彼此理解，感情的甜蜜同样会让人羡慕。

权力的游戏

　　趁着纪念反法西斯战争胜利 70 周年的三天小长假，我背上行囊来到了西双版纳。说起来惭愧，定居昆明多年，却是第一次来西双版纳。

　　久闻傣族是西双版纳的第一大民族。傣家竹楼、孔雀舞、泼水节，是我能想到与傣族最有关的标签了，于是傣家村寨成为我此次西双版纳之行的第一站。

　　一路上听着司机的介绍，我知道了傣族的男孩被称作"猫多哩"，女孩被称作"骚多哩"。来到目的地，一个叫小玉的骚多哩接待了我们。她告诉我，这边的女孩大多都姓玉，男孩大多都姓岩。我们边走边聊，她热情地邀请我们到她家参观，不过让我们做到三点：进屋脱鞋，不许拿机拍摄屋内环境，进屋后不许掀开卧室的帘子。作为客人的我们当然是一一遵守，入乡随俗。

这个村寨住着 76 户人家，每户人家都有外墙包围着，中间都是两层木质结构的房子，每户人家正面都有一个大门，里面靠着围墙种着一些叫不出名字的树。

随着主人的引领，我们上楼梯来到二楼，屋里是一个大开间，这应该就是会客厅和餐厅共用的，房子用柱子支撑着，柱子却是乌黑的。小玉解释道，把柱子熏黑是为了防止虫蛀。房子的另一边是卧室区域，卧室也是一个大开间，不过却有好几个入口进去，门口由不同颜色的门帘遮挡着，辈份大的从深色的门帘进去，辈份小的要从浅色的门帘进去。外婆、父母和小玉，一家四口其乐融融。

小玉问我们："觉得这里的环境怎么样？"同行的一个男孩子不假思索地回答："不错呀。"小玉语出惊人："觉得不错的话，你可以考虑嫁过来呀。""嫁过来？不是应该是娶进门吗？"小玉看我们一头雾水，十分不解的表情，于是娓娓道来。她说："傣族是母系氏族，女性在家庭关系中享有崇高的地位。长辈去世后，遗产由下一代的女儿获得，男孩子在这里是'赔钱货'。""那你们这里的男孩和女孩是怎么恋爱的？"我好奇地询问她。她说："这里的猫多哩（男孩）如果看上了一位骚多哩（女孩），他会半夜拿竹竿去敲骚多哩卧室下的地板,然后骚多哩会通过地板的缝隙看猫多哩的长相是否是自己喜欢的。如果喜欢,骚多哩会下楼与他见面,并留下联系方式,先试着互相了解和相处。一旦确定恋爱关系,男方就可以来女方家住。不过共同居住并不等于是同居,男方不能睡卧室而只能睡在客厅,白天要去干农活,割橡胶,这样要持续3年之久。"听说这里男同胞要进行3年之久的考核期,我和小伙伴们都惊呆了。小玉接着说:"如果是戴金边眼镜的,嫁过来就只要一年半的考核期。""为什么戴眼镜的同胞能享受此等待遇呢?"面对我们的疑问,小玉解释道:"因为傣族的人非常崇拜知识分子。20世纪中后期,有一批知青就曾经来到此地给村寨带来了很多知识和理念。尽管距离现在已年代久远,但村寨的人认为近视眼是因为看书看得多造成,戴眼镜是知识渊博的一种标志。对于知青的美好印象深深地印在了当地村民的脑海里,代代相传,故留下了此规定。如今傣族的人也愿意和汉族的人通婚了,如果你看中了这里的骚多哩,你就要在这里的村寨居住下来,进行3年的试用期,如果这3年你没能坚持下来,放弃了,你就沦为了二手猫,二手猫的意义就和我们的再婚类似。"

结束了这次特别的拜访后,感触颇多。我想了解一个民族就要从了解这个民族的风俗文化开始。

上帝创造了亚当和夏娃,却没有分配过两人的权力大小。我想上帝希望他们是平等的。如今男性与女性相互依存,相互碰撞,构成了一个丰富多彩的世界。印象中女性地位较高的国家有英国、荷兰、加拿大、瑞典、新西兰，而男尊女卑的国家也不在少数，每个国家都有自己的历史和传统。

这是一场权力的游戏，在这个游戏里没有输家，只有两种性别的玩家。

花瓶

　　人总是爱美，这并非是一种虚荣，而是出于本能。美的事物总令人赏心悦目，无论是风景、服饰、佳人这些眼睛能看到的美，还是电影、书籍、音乐这些需要发掘的美。和美好的事物在一起，你也会变得美好。

　　想必从小大家受童话故事影响太深，总希望自己就是故事里的男女主角，有时候恨不得能一头钻进书里，进入那个梦幻的世界。只可惜童话书里的美丽公主，只能看得见却摸不着，最后幻想被现实破灭。

　　我身边有一个朋友，我们都称他为理性先生。理性先生对美有着自己独到的见解。他喜欢吃好看的食物，买好看的衣服，看好看的人。一次偶然的机会，经朋友介绍，他认识了花瓶小姐。在还没有正式约会之前，双方通过微信聊着。相比很多年前大家还用写情书、写纸条去表达情感，如今微信确实给大家提供了一个更简单、更方便、更近距离交流的平台，两者聊天的距离近得只隔着两个手机屏幕。理性先生在一个夜晚点进了花瓶小姐的朋友圈相册，一个酷似神仙姐姐刘亦菲模样的女孩子映入眼帘，这让一向以理性著称的他变得不再理性。

俊男美女的搭配确实养眼，理性先生常常幻想带着花瓶小姐出席一些宴会和活动。他身穿华丽晚礼服挽着一袭华丽裙子的花瓶小姐，缓缓进入那富丽堂皇的大厅。在现场宾客的目光注视下，步入内场，那些小声的议论、夸赞和羡慕都被他一一觉察并接收。这样的幻想持续了将近一个月。

后来他们开始见面、聊天和约会。出去吃饭的时候，细心的理性先生总是先询问花瓶小姐想吃什么，就坐时总是先帮她拉开座位，然后把菜单递到花瓶小姐的面前。吃完晚饭的活动一般是看场电影或是开车去兜风，然后把花瓶小姐送到家门口。临走前，理性先生一句富有磁性的声音"早点休息，晚安"让花瓶小姐如痴如醉。

美好的开始未必有美好的结局，在旁人看来，花瓶小姐是如此冰冷高傲，看起来遥不可及。可在理性先生眼中，她虽漂亮但依然只是一个普通的女孩，未见过什么世面，对未知的世界充满着好奇。她感情天真、内心单纯、渴望被人疼爱。记得书上说过：貌似高傲的女子，其实可以低到尘埃里去。就这样理性先生以不奢望的姿态接近，心里并无任何邪念，却无意地打开了她的心扉。

可是好看的花瓶需经常擦拭，才会显得璀璨夺目。太久未去打理，就会积满灰尘，仿佛成了古董。男女主角的关系最终停留在朋友的层面，并无更进一步的可能。在理性先生的眼中，花瓶虽美，可以为其生活添姿添彩。但花瓶再美，也只是花瓶，也只是件摆设。

记得作家安妮宝贝写过这样的一段文字：一些优秀骄傲的男人或女子，最后总是与平常配偶为伴。不愿意俯下来靠近好的东西，怕被拒绝。他们过分自重，没有耐心。只愿索取不肯付出。

其实无论花瓶也好，古董也罢，适合自己的才是最好的。

礼 物

　　每个人都渴望收到礼物，尤其是女生。外观精美的包装盒包裹着精致的礼物，带着强烈的神秘感，拆开礼物的过程总是充满惊喜。如果对方没有提前告知你，你永远不知道里面装的是什么。恋爱中的男女，恨不得一头扎进礼物盒里，将其赠予对方，或许不计较回报，或许只为博对方一笑。

　　这是一个关于"礼物"的故事，故事要从 Z 先生说起。Z 先生出生在美国，是一位美籍华人。他从美国佛罗里达大学毕业后，在当地找到了一份待遇颇丰的工作，工作不过三四年，就毅然决定回到祖国，之后在一个海滨城市安顿了下来。回国的两年来，我未曾发现他有恋情，工作占据了他大部分时间。对于一个海归青年，无论学历、收入还是外形条件都是无可挑剔的，为何一直处于空窗期呢？我百思不得其解。

刚巧在一个朋友的生日聚会中，我们又再一次的见面。聚会间隙，我们到露台透透气。作为朋友的我，免不了关心一下对方的近况和感情问题。对于我的疑问，他不紧不慢地抽着烟，道出了原委。几年前他在美国工作时，爱上了一个女孩，他用心地维系着两个人的感情，试图给对方最好的生活。对于女孩物质上的要求，他尽自己最大的能力去满足。手机、名牌包、女士香水、高级化妆品，他全都送过。在交往一年半的时候，恰逢女孩生日。在生日前夕，细心的 Z 先生问女孩想要什么礼物？女孩说想要一辆车，并且要在她最喜欢的三款车型里选一辆送给她。这三款车分别是保时捷卡宴、奔驰 SLK 型 AMG、奥迪 R8。这让 Z 先生压力很大，他盘算了一下工作这几年攒的积蓄，还是不够买上面三款车中的任何一辆。

于是 Z 先生问女孩能不能给他点时间。想必这番特殊的表达，打动了女孩，女孩说："可能你会觉得我很看重这些物质上的东西，但一旦我决定要和你长期交往并且日后走入婚姻，有没有这些豪车，都不重要了。"

对于女孩的这番告白，Z 先生觉得非常感动。于是，他更加努力地工作，为的是能履行之前的承诺。

147

功夫不负有心人，在第二年距离女孩生日还有两个月的时候，Z先生终于攒够了钱，虽然美国的车价比中国便宜，但这依然是一笔不小的数目。在金钱和爱情之间，他觉得爱情更为重要，钱没有了可以重新再赚，自己才30多岁，人生道路还有很长，但好的爱情却是可遇不可求的，一旦错过，就不能重来。一番思量后，他咬咬牙买下那辆卡宴，准备好车子和戒指，想在女孩生日那天，对她进行求婚。

　　女孩生日在一天天地临近，很不巧在还有半个月的时候，Z先生要去外地出差。在另一个城市时，他心里一直十分想念那个女孩。有一天他刚想给她发微信时，发现女孩朋友圈上传了一张奔驰车的图片，上面配有一行文字：终于拿到了。这让Z先生感到十分疑惑和不安。

　　于是，待Z先生出差回来后，他询问女孩这辆奔驰车是如何拿到的？女孩支支吾吾地回答，是她妈妈买给她的。两个人在一起一年多，Z先生去过女孩的家，见过她的妈妈，据Z先生的了解，女孩的家境并不是很富裕。显然不是女孩的母亲送的，那这辆来路不明的车子是谁送的呢？Z先生陷入了深深的沉思，一种不祥的预感开始在他心里滋生。纸是包不住火的，没过几天，他发现女孩在和别人暧昧，这个暧昧对象正是那份礼物的赠送者。

　　Z先生感到非常伤心，自己用心经营的感情却被无情地愚弄，曾经幻想的天长地久的爱情却因为这场情感上的欺骗而破灭。在这座城市，他是事业上的成功者，也是感情上的失败者。也许是无法在短时间里接受这个事实，他咬咬牙辞掉了工作，卖掉了那份并没有送出去的礼物，也没有再联系过那个女孩，就毅然回到了中国。然后把那个女孩和那份伤痛，深深埋在心里，留在了记忆中。时间会抚平伤口，也会淡忘伤痛，庆幸的是，Z 先生告诉我，他已经从那段感情的阴影中走出来了，并期待遇到一个相爱的人携手一生。

两个人能否相爱地走完一辈子，感情才是根本。礼物只能成为生活中的调味剂，但不能成为决定因素。如果一段关系，需要靠各种礼物、各种物质去支撑的话，那就变味了。我想大部分人还是在追求那份纯粹的爱情吧。

只要两个人相爱，即使没有礼物，有甜蜜的爱情相伴，每天也都像是在过情人节。直到有一天，你才恍然大悟，那个与你携手过一生的爱人才是上天赐予你的最好礼物。

论人生经验

　　人生经验是人的一生中所拥有的一份宝贵的财富。我们可以从亲身经历中的得到，也可以在反复实践中总结。

　　人生经验和年龄成正比，年龄越大，拥有的经历和经验就会越丰富。常常可以听到那句：不听老人言，吃亏在眼前。这让我们不免想起一个画面，一个鹤发童颜的老者不紧不慢地捋着苍白的胡须，仿佛能一语道破天机，对面则坐着一位稚气懵懂的少年，似懂非懂地点着头。

　　中老年人常常爱和年轻人分享他们的人生经验，他们总爱说：我吃过的盐比你吃过的米都多。那些肯跟你讲各种经验的人，也未必就是好为人师，也不是倚老卖老。他们往往年轻时走了弯路，摔了跤栽过跟头，这对于他们来说或许是刻骨铭心的。因此他们常常抱着一颗朴素的心，不希望看见面前的这条阴沟有一拨又一拨的人掉进去而已。所以当有一天，一位老者神情激动、声情并茂地与你分享他的人生经验时，你不必太紧张，也不必太惊讶，因为他只希望你能少走弯路，过一个比他更好的人生。

虽然我们与上一代所处的环境不同，但人性中的基本面大体相同。在你年少时，或许你不太在意；在你血气方刚时，或许对于这些人生经验不以为然。直到你经历了一些事情，各方面趋向成熟时，听到了这些话会觉得"好像是有点道理"。然后捶胸顿足地埋怨自己为何不早点明白这些道理。

可能是我们的父母年轻时走过了太多的弯路，因此他们希望我们的未来可以走得顺畅一些。这可以理解，但是父母仅仅告诉我们一个结果和答案，对于我们的成长来说毫无帮助。其实人生就是在磕磕绊绊中总结经验，如果连磨砺都做不好，结果又怎么会好呢？

每个人都在走着一条属于自己的路，一条独一无二的人生路。前方的路，或平坦，或狭窄，或顺利，或崎岖，我们不得而知。那些长辈口口相传的人生经验，如果没有自己的身体力行，就不会有太大的指导意义。奔跑吧兄弟，带着自己的梦与希望，还有那些宝贵的经验，走上属于自己的人生之路吧。

我们的人生，一直在路上，在不远的前方，有我们的希望。

悔棋

人的成长总是在不断地犯错，然后在错误中修正，其实犯错并不可怕，可怕的是在错误的泥淖中越陷越深。人生好比是下棋，走的每一步都会影响到下一步的发展，下棋的趣味性在于你无法悔棋，你需要对你所做的决定负责并承担后果。人生如棋，落子无悔。

认识阿杰两年有余，但算不上是严格意义上的朋友，因为我们未曾见过面。他算是我的读者，我们通过《邂逅青春》结缘，他说看了我的文字有很多的感同身受，他欣赏有才的人。我告诉他我还不够好，作家这条路就像唐僧去西天取经一样，任重而道远。

他属于北漂一族，老家是江西的农村，通过自己的努力成了一名游泳教练，工资不高，但生活充实。他喜欢在水中畅快淋漓的感觉，这让作为旱鸭子的我好生羡慕。从小对希腊神话着迷的我，最喜欢的一个人物是海神波塞冬。对于海洋和水，我总是怀着一颗敬畏之心，总觉得人类固然强大，但在海洋中却显得脆弱而又渺小。正因为这种胆小的心理，使得我在学游泳这件事上始终裹足不前。

他曾发给我他在泳池里游泳时的视频片段，自由泳、仰泳、蛙泳、蝶泳，转换流畅，姿势优美。游泳技术游刃有余的他，让我想起了2016 年春节档内地豪取 34 亿票房神话的周星驰的电影《美人鱼》里那些人鱼生物们。

能将特长与工作结合起来的人注定是快乐的，他们将生活中的美好带入了工作，又将工作中的报酬回馈给生活。有些人的特长，终究只是个特长，不能为生活带来什么本质性的改变，为了生活，为了生存，特长最终沦为鸡肋。也有一些人，做着待遇丰厚却并不快乐的工作，薪资待遇确实达到了期望的目标，但生活状态却与理想中相去甚远，因此患得患失，进退两难。

从这点来说，他的工作是快乐的。他热爱游泳教练这份工作，我也一直认为他会坚持下去。4 月的某一天，在微信朋友圈得知他辞去了北京的工作，背着行囊，来到了深圳。如此仓促的行为，让我很是费解。

细问之下才得知春节期间，他爱上了体育彩票，也对中国福利彩票时时彩欲罢不能。由于时运不佳，又没有及时收手，他把借来的6万元现金全部输进去了。他不想让家人知道这件事，并因此为他担心，又急于想把所欠下的钱给还上。眼下这份工作只能够满足生活中的日常开销，每个月的结余少之又少，经过朋友的介绍，他来到深圳一家酒吧做起了销售的工作。

众所周知，夜店里的销售是一份黑白颠倒的工作，从晚上开始工作到第二天凌晨，然后白天在家倒头大睡。他们表面上穿着光鲜亮丽、西装笔挺，实则颇为艰辛。除了对交际能力要求高外，还要有好的酒量去陪客人喝酒。有些喝多了的客人神志不清，你去劝酒，他们会冲着你大吼大叫，张牙舞爪，你还得笑脸相迎，安抚着那些亢奋而又失去理智的酒鬼们。

曾经的他过着朝九晚五的生活，现在的他过着昼夜颠倒的生活，仿佛从东半球移居到了西半球；曾经的他每天面对的是一群天真活泼渴望学会游泳的小朋友，现在的他每天面对的是一群醉生梦死渴望酒精麻痹自己的酒鬼们；曾经的他穿着泳裤穿梭在每一个泳道，在蓝色的水世界里被清新包围着。现在的他穿着西装穿梭在每一个包厢，弥漫在烟与酒的世界里被黑暗笼罩着。Everything is changed.（一切都变得不同了）。

从他朋友圈的照片中，看到了他在工作时的笑容，还是那样的神态，却多了一份辛酸与无奈。他告诉我他每天努力工作，省吃俭用，住员工宿舍，一个月可以存下 3000 块钱。我掐指一算，这样的情况还需要奋斗 20 个月，才可以还清那笔债务。我想一个聪明人不是时时能拿到好牌的人，而是懂得什么时候该离场的人。离场意味着收手，意味着没有让损失扩大化。他只是个 1992 年出生的小青年，还过于年轻，没有很强的自制力。不经历摔跤，怎会让人成长？希望他早日走出困顿，重新回到生活的正常轨道。

股市有风险，投资需谨慎。人生无悔棋，行走需谨慎。投资如此，人生也应如此。

专职作家

总有一些朋友带着好奇的心态问我是不是专职作家?

所谓专职作家就是指专门以写作赚取稿费为职业的文字工作者。如果我回答是,他们的内心想必又会产生一个问题,作家这个职业很赚钱吧?然后他们会开始猜测我的年收入到底在 6 位数还是 7 位数。可是对于这个问题,我每次都三缄其口,以至于我在写作这块领域的收入成了一个秘密。

如果他们中的有些人问我这个问题的目的在于担心我涉及的领域太广导致精力分散,造成学艺不精,那我在这里向他们表示感谢。这些朋友对我前途的担忧超过了我的父母,我虽与他们的交情并不深，但他们对我无微不至的关怀跨越了时间和空间，怎能不叫人为之动容？令人遗憾的是，他们并没有看过我的作品和文字，单凭我多领域发展就断定我在玩票未免太过武断。

都说隔行如隔山，在这个行业中是否有跨界成功的案例呢？韩寒作为一名职业赛车手，获得过各种职业赛车比赛冠军。在写作领域，他是国内数一数二的80后畅销书作家，拥有多部畅销作品。如今他已经跨界成为一名导演，执导的处女作《后会无期》收获6亿多的票房成绩，成为作家中跨界的典范。另一位80后作家中的翘楚郭敬明，著有畅销的系列长篇小说《小时代》，随后他将这部经典作品拍成了电影，四部系列电影共取得近18亿的票房成绩，成为华语最卖座的系列电影之一。

这些知名畅销作家以写作起家，却在其他领域发光发亮。等他们回过头来继续创作文字，你会担心他们身兼多项后而造成作品质量下降吗？他们本人不担心，读者不担心，好事者就更不必担心了。相反，他们跨界后所接触的全新领域，所吸收的新鲜事物，所遇见的陌生面孔，让他们拥有更多的灵感，这些全新的体验会让他们以后的作品更具生命力。与其操着那些不该操的心，不如去用心欣赏别人的作品。

想起一位文坛前辈曾和我说的，写作好比精神生活，是建立在物质生活的基础上的。没有物质生活作为保障，任何精神生活都无从开展，脱离了物质基础的精神生活，就会成为一种空想。

我热爱阅读，热爱写作，为此我花了很长的时间与自己独处，但我从没期待着要靠写作这份工作去养活自己。热爱写作的人多如牛毛，写得好的也大有人在，但并不是人人都能成为畅销书作家。

我一直认为专职作家是一个特别苦的职业，他们写了很多文章，但并没有出版发行，靠着不断地向报纸期刊投稿赚取微薄的稿费。拿到稿费总会让人滋生一种成就感，觉得通过文字来赚钱是一件挺了不起的事情，可那少得可怜的稿费和成就感不足以支撑你的衣食住行，毕竟明天的生活还要继续。

如果你想生活得更好，你需要有一份稳定的工作来实现。试着把写作当作一份兴趣爱好，在业余时间赚点稿费当零花钱才显得更靠谱。只拥有物质的生活过于虚荣，只拥有精神的生活过于虚幻，拥有物质和精神相结合的生活才是每一个人都应该努力和追求的。

如果你热爱写作，请勿忘初心，方得始终。无论你是专职作家还是业余写手，只管继续写下去就好了，享受这个过程，结果本就不受控。

晾衣的女子

在小区里散步，阳光明媚，天气晴朗，此刻的我正感受着阳光抚慰脸庞的温暖。仰起头，无意中将目光定格在一个阳台上，那里有位举止优雅的女子正轻缓地在晾衣架上搭晒衣服。

她大约 30 岁，从外形上判断应该是位少妇，身上的毛衣在阳光下泛着粉红的光晕，衬出她浑身上下被柔情包裹的细腻。时而她收起一件已经晒干的衣服，托在秀气的鼻子下嗅嗅，仿佛在闻着秋阳的气息；时而她绵软地弯腰，用纤白如玉的手捧起一件衣物，细长的臂膀抖动一下，举到晾衣架上。她还抬了下脚跟，这使得她的身体更向上拉伸，窈窕修长。当她放下手，衣服便愉快地飘舞在了阳光照射的衣架下。她捋捋耳根乌黑的长发，然后又仔细向下掭掭晾晒的衣角，那样认真，再用手指轻弹衣服上的纤维。这细小的动作，显示着她小小的的洁癖。

她将脸朝向阳光，像在享受这份干净的愉悦。

我突然想，她不仅仅是在洗衣物，而是在细心地洗生活，不是在晾衣服，而是把自己的生活拿到阳光下晾晒，让自己的每一个角落都温暖清爽起来。

她又拿起拖把，很惬意地在地上来回拖着，耳畔似乎还传来悠扬的钢琴曲《秋日私语》……

家务居然被她做成了美丽动人的艺术！此刻，她打破了艺术与现实的距离，把它们折叠在一起了。她的家人又该是何等的幸福呢？她没有感觉到，有人正在静静地欣赏她。她只是在体验着自己营造的现实与艺术融合在一起的快乐！她的内心也因此而纯净自然，所以也根本无须别人的欣赏。这是随心所欲的境地，最朴实的欲望才能得到最本真的满足。

越是心无旁骛的专注，越容易被别人欣赏。就像我们对生活的理解，无须抬头仰望，就知道太阳的方向！

相亲记

男男女女一旦到了适婚的年龄，总会承受着结婚这个巨大的压力。这压力主要来源于两个方面：一是自身的压力。他们总觉得什么样的年纪做什么样的事情，大学毕业后，很多年轻人把找到一份好工作作为首要任务，当这个任务完成后，找对象结婚这件事就被提上议程。可找对象结婚又不像大学考英语四六级，只要自己努力一点，就能顺利完成任务，毕竟这是两个人的事情，一个巴掌拍不响。因此结婚这件事就像一个魔咒一样困扰着他们，让这些青年男女们不想面对又不得不面对。二是周边人的压力。这包括了父母、亲戚、同学、同事。每当逢年过节，他们的开场白总是：找对象了没有？

什么时候结婚呢？虽然这只是一句简单的关心和问候，但这些问题就像一把利剑，命中要害，直指人心，叫人猝不及防。

都说男追女隔座山，女追男隔层纱。男生为了追到心仪的女孩，可谓想尽办法，如日常的关心和问候，雨天的送伞，上下班的接送，纪念日的惊喜和礼物，浪漫的晚餐或电影。想起母亲以前常常和我说的一句话：只要男孩够坚持，够用心，脸皮够厚，不害怕被拒绝，他就没有追不到的女孩。此话所言极是，女孩终归是感性的，在恋爱中她们总会不由自主地被对方感动或者被自己感动。可人与人之间终归是有差别，有些男生天生害羞、腼腆，感情就像一张白纸，不知道如何追女孩；有些男生人际圈太小，在工作场合没有遇到合适的异性以至于至今仍为单身。眼看着儿女岁数一年年变大，父母心急如焚，就像当年为自己的婚事那样上心，在自己的人际圈拼命地托人打听，希望早日实现心中所期盼。

相亲作为中国传统婚配的一种形式，至今还较为普遍。流程大抵是由媒人联系牵线，双方长亲见面议亲。先由男方的父母或亲戚等出面，择日走访女方家，女方家长一般都会让女儿出来露露面，如端茶。男方家人乘势打量女孩的容貌、身材、体态、举止，也会和女孩做一个简单的交流。回去后，家人对男孩做一个简单的反馈，择日男孩再由媒人或尊长带到女方家相亲。男方在观察女方的同时，也接受女方的审视，这就促成了男孩女孩的第一次见面。如果男孩女孩对彼此印象不错，他们通常都会交换彼此的联系方式；如果男女双方对彼此不太满意，那他们的第一次见面就有可能是最后一次。

有些男生对父母安排相亲这个行为较为反感，又担心回老家后亲朋好友那种连环炮似的关心让他们难以招架，于是突发奇想，在网上发布高价租女友回家过年的帖子，就这样，才认识的"新女友"就随男生去了他的老家。看着父母对儿子的"新女友"颇为满意，赞不绝口，男生终于长出了一口气。但这样的缓兵之计治标不治本，父母最大的期望无非就是儿女能遇到自己的幸福，然后成家立业，开枝散叶。但花钱租来的女友永远只能停留在"女友"这一层面，她们无法把这场戏演到最后。这其实也反映了一个普遍现象，到了一定年纪没有结婚的人总会想方设法骗过父母，可其实爱情这东西也需要顺其自然，也许觉得愧对父母，但这种善意的谎言还是少些比较好。

古时候总说：男子有德便是才，女子无才便是德。这样的俗语让现代这些有才气、有理想、有目标的女性不能认同，觉得这是剥夺女性受教育的权利。于是她们在心里暗暗下决心，告诉世人女性也可以有高学历，通过自己的努力最终成了女硕士、女博士。在学历上她们获得了所有人的欣赏和敬佩，但在爱情这门学科上，她们却不如别人。在恋爱经验上，她们落后是有原因的，别人谈恋爱的时间她们都用来学习了。据统计，大多数的本科生都在23岁左右毕业，硕士毕业生为26岁，博士毕业生至少到28岁。对于一个在爱情中还是白纸的大龄高学历女青年来说，年龄对她们来说已经没有太多优势，但你不要以为她们会随随便便把自己给嫁了。她们对另一半的学历要求是：可以比我高，但却不能比我低。这样的要求将那些喜欢这些女孩却在学历上无法等同的男生拒之门外，男生无法在这些高智商的女青年身上获得被欣赏被崇拜的感觉。因此在选择与被选择中，这些女知识分子也需要通过各种的途径来完成她们现阶段的头等大事。

很多青年男女都抗拒相亲，只是因为不想父母干涉自己的人生，想要自由恋爱，崇尚我的青春我做主。其实爱情和婚姻是否幸福，和你是什么样的恋爱方式无关，只和你的判断和选择有关。如果眼下的你没有遇到合适的人，不妨换个思路，把相亲当作是对父母的安慰，有幸遇到合适的人更好，没有遇到合适的就当作多认识个朋友。很多人对相亲存在着一定的误解，觉得相亲是爱情失败者才会做的事。其实相亲就像一道门，打开之后就是一条路，一条认识异性的路，至于你们相亲之后到底如何发展，和你通过别的途经认识一个人并没有多少差别。

相亲的方式多种多样，当身边通过熟人介绍的方式满足不了时，一部分单身者渴望通过一个更大的舞台去邂逅爱情，那就是上相亲节目。相亲节目是集电视相亲、娱乐、真人秀于一体的节目，大部分以现场男选女、女选男的形式，通过节目中几个环节约 10~20 多分钟的了解，如果男女互相心动，那么最终双方成功牵手约会成功。这样的一种相亲形式、简单、直接、成功率高，但台上顺利牵手的男女嘉宾下台后能否走进婚姻的殿堂，就不得而知了。由于相亲节目面对的是全国渴望爱情男女们，甚至一些国外的男女嘉宾也会慕名前来，这样的关注度高于以往的任何相亲形式。一些成功牵手的男女嘉宾不在一个城市工作生活，距离成了他们的最大障碍。一些身材好、颜值高的男女嘉宾在节目上俘获了大批的粉丝，成了观众茶余饭后谈论的话题，他们通过这些相亲节目收获的不仅仅是爱情，也收获了粉丝和人气。离开节目后，男女嘉宾迅速跨界和转型，成了新晋演员、广告模特、新锐作家、商业新贵。因此原本只给单身男女提供一个邂逅爱情平台的节目，因为收视率而变成了一个有争议、有话题、有关注度的造星工厂。

相亲和恋爱并不冲突，相亲可以成就一场恋爱，恋爱也可以缘起于一次相亲。只是恋爱需要的时间成本往往更多一些，而相亲就是去谈一场简化版的恋爱，它比恋爱持续的时间短，却往往能够最快到达恋爱的终点：分手或者结婚。

对于相亲这件事，我们能做的是保持对每个人发自内心的尊重，不管和你相亲时坐在对面的人是美如冠玉还是其貌不扬，是你心动的还是毫无感觉的，都应一视同仁，怀着真诚善良的心态去面对他们。毕竟，能坐到一张桌子上，这本是一种缘分。

音乐的价值

众所周知，我们衣食住行中的"食"，指的就是现实生活中吃的粮食。精神食粮是与粮食对应而生的一个词语，意指人类为了满足精神需求所追求的事物。粮食和精神食粮是人们在社会生活中不可或缺的必需品，好的粮食会让人身体健康，好的精神食粮会让人心理健康。健康作为人生的第一财富，是永不过时的一个话题，心灵健康和身体健康对人类而言同等重要，它们相辅相成，缺一不可。

在我所理解的世界里，饥饿分为三种：身体饥饿、物质饥饿和精神饥饿。身体是革命的本钱，身体上的饥饿需要粮食去充饥。没有身体作保障，一切的梦想终将成为空想。当你对物质有饥饿感时，就说明当下的生活并不是你理想中的生活。每一个平凡的人都渴望生活得更好，他们不希望每天为了有没有吃的、住的而担忧。社会在发展，生活水平在提高，但在这个世界的某些地方，依然有很多人为了这两个最基本的生活需求而困扰。生活的多样性在于，你在过着当下生活的同时，却无法体会别人此刻正在经历的生活。物质上的饥饿促使着我们用勤劳的双手和智慧的大脑去获取我们想要的东西，所以梦想是一定要有的，万一哪天实现了呢？精神上的饥饿需要精神食粮去填补，没有精神上的需求，你的生活将会单调、乏味、了无生趣，你的灵魂将会变得空虚，这是吃再多山珍海味都无法弥补的。

追求精神的方式都很多，常见的有阅读、听音乐会、去博物馆、看电影、聊天。我是一个爱音乐的人，音乐让我自由，我家的书房里收藏着很多和音乐有关的东西，曾经的卡带、唱片、CD 播放器、MP3 播放器，这些当年花费近万元买来的音像制品和设备，现在却如同虚设，它们就这样安静地躺在那里，成了一种摆设。这些曾经被我视如珍宝的东西，却也难逃束之高阁的命运，我已经很久没有细心擦拭它们表面的灰尘了。

现在的你们都是通过什么样的方式听歌？有打开电脑登录各种音乐网站进行收听的，有用手机下载音乐 APP 的，还有下载到电脑再上传到各种音乐设备的。无论使用何种方式，都证明人们体验音乐的方式变了。这种设备的变迁史和听音乐过程的简化，说明人们生活方式的进步，但也直接造成了曾经的卡带被彻底淘汰，实体唱片销量持续下跌，随处可见的实体音像销售门店关门大吉。歌手发唱片已不再挣钱，曾经的华语一线歌手出唱片后，动不动就能卖上个100万张，有些甚至能卖出两三百万张。那时候买卡带和CD似乎也成了歌迷听音乐、支持自己偶像的最直接和必不可少的方式。现在的华语一线歌手能卖出10万张唱片已经让他们觉得满意了，能卖出20万张会让唱片公司和歌手本人兴奋不已，能卖出30万张会让他们感到自豪。曾经的百万张销量在当下来看就像一个天文数字，而影响销量的罪魁祸首便是盗版的猖獗。

曾经去逛音像店就像逛时装店一样，是人们正常的消费项目，那时的音像店总是挤满了年轻人，大家你挑你的，我挑我的，好不热闹。现在大街上少得可怜的音像店门可罗雀、生意惨淡，进店的都是些骨灰级粉丝和唱片收藏者，购买唱片这件原本再平常不过的事情开始变得奢侈，这些收藏者保留着购买唱片的习惯，他们如此举动无非就是喜欢这些音乐，觉得实体唱片往那儿一搁，比在电脑里听更有踏实感和满足感。他们有时一张专辑会收藏很多个国家的版本，有很多专辑到现在都还没有拆封。但发烧友的购买力根本不足以改善唱片的整体销量。在听音乐越来越便捷的今天，对于仍然热衷购买CD的乐迷来说，其收藏意义早已远远超过了实用价值。

唱片从实体店发展到了网络，但想从网络再回归到实体店，已经成了不可能完成的任务。曾经音像店能提供的唯一体验就是挑几张热门大碟放在那儿，你可以戴上店里的耳机试听几首，如果觉得好听，你再买唱片回家慢慢细听。现在想听音乐的人已经无须跑去实体店购买唱片，不仅因为时间、人力成本太大，更根本的原因是网络能给到的体验，唱片店已经给不了了。既然你可以足不出户在家从电脑上就能享受到高品质的音乐，你何必要顶着烈日风尘仆仆地赶去音像店呢？因此在智能手机和网络数字音乐盛行的当下，去传统唱片店购买CD成为一种非主流，无论从时间还是金钱的角度都是一种性价比很低的行为。

因为有了网络上提供的免费音乐，如今的听众已经很少再花钱去买唱片了，即便一张CD的价格仅二三十块，仍不能阻止唱片销量的年年走低，这让不少业内人士大呼唱片已走向死亡。但不可否认，音乐迷对音乐的热情依然在。他们通过其他的形式来消费音乐，演唱会就是一个很好的证明。既然歌手在演唱会上献唱的歌曲在网络上都能听得到，那人们为何愿意花成百上千的钱去看演唱会呢？原因有以下两点：一是网络音乐只闻其声，不见其人。去现场听演唱会可以一睹偶像的风采，与偶像有一个近距离的互动，把歌迷对偶像的幻想拉到了现实，这弥补了歌迷多年来未曾见过偶像的夙愿。二是听现场演唱会可以身临其境，演唱会上华丽的镁光灯、大气磅礴的舞台、华丽精美的服装、时尚劲爆的舞蹈所带给人的震撼是在电脑上听歌所不具备的。在现场，你可以肆意地挥动手中的荧光棒，也可以跟着歌曲进行合唱，更可以疯狂地呼喊着偶像的名字，你会觉得这样的体验是物超所值。这两者的差别就好比在家用电脑看电影和花钱去电影院看电影。我想这正是"体验性"的神奇魅力，毕竟现场演出能给人带来截然不同的感官体验，还包含着粉丝经济等很多附加价值。

唱片卖不动后，受影响最大的当然是唱片公司和发片歌手，从近几年唱片发行数量来看，出专辑不再是歌手收入的主要来源。在这种不景气的环境下，转换思路是必须要做的事情。但作为一个歌手，作品是根本。现在的歌手很多时候都觉得专辑就像一张名片，没专辑是不行的，出唱片已经越来越像唱片公司和歌手的一种宣传手段。在版权环境混乱的现在，一个歌手的主要收入在于广告代言、商演、综艺节目等商业活动，唱片销售收入几乎可以忽略不计。如今的音乐变成了艺人综合能力的一个展示，有了这个才能开始商业演出、个人演唱会和代言，这已经成了惯性思维。

对于音乐，很多人既不愿意花钱买唱片，也不花钱买网络上的数字音乐。自从网络下载成为流行开始，人们就形成了一种惯性思维：从网上下载任何东西都是免费的。既然歌手都放弃靠卖唱片挣钱了，那听众还有人愿意花钱听音乐吗？我想这肯定是有的，只要你想听，那么音乐对你来说肯定是有吸引力和价值的，那些歌手酝酿了那么多的灵感，花了大量的时间去筹备，投入了巨资去制作和拍摄 MV，为的是得到听众和市场的认可。如果歌手花那么多的时间、金钱和精力，做出的音乐只是为了让听众们在网络上免费试听，那么入不敷出的状况会导致这个行业渐渐萎缩，甚至走向灭亡。很多人只看到了歌手在舞台上的光鲜亮丽，却看不到歌手为了那几分钟的光鲜亮丽在背后所付出的努力。歌手也好演员也罢，他们是芸芸众生的一份子，褪去华丽的衣服后，也只是个平凡人。他们因为各种机缘巧合走上了幕前，艺人成了他们的身份。娱乐大众不是他们的本意，他们只想在社会上站稳脚跟，只想更好地创造他们想要的生活，如此而已。

我一直认为音乐是有价值的，能被听众接受并喜爱的音乐就是好音乐。好的音乐要用销量和奖项来体现。为了更好地加强网络数字音乐的规范性，为了更好地维护歌手作品的版权和价值，越来越多的音乐网站开始推出收费的数字音乐。10 首歌的完整数字专辑，售价约为 20 元一张，两到三首的 EP（迷你专辑）售价为 5 元一张，一首歌的单曲售价为 2 元一张，听众需付费后才能试听。这一举措让听众开始呈现两极化，支持的人觉得付费也无所谓，支持自己喜欢的歌手是粉丝义不容辞的事情。反对的人觉得之前听歌不是都是免费的，突然开始就要收费了，这些音乐网站也太黑了吧？想钱想疯了吧，不听也罢。我想任何事物的改革和调整都会经历一段时间的阵痛期，但能让音乐市场进入一个健康发展的轨道，相信是大家都喜闻乐见的。

我们遗憾地看到，CD 这种实体唱片在离我们生活越来越远，唱片的衰落只是音乐载体的更迭。但我们应该庆幸的是，音乐并没有死，它依然陪伴在我们的身边，抚慰着那些容易被感动的心灵。

游戏与生活

　　有人说游戏是幻想与现实之间的桥梁，也有人说游戏是劳作后的休息与消遣。无论怎样的说法，游戏对于生活而言并不陌生。

　　在我童年那个年代，与游戏的缘分要从堆积木开始，各种颜色、形状的几何木块散落着，小朋友通过自己的创造力和动手能力拼出自己想要的形状，拼成房子的造型是最常见的。后来陆续玩过弹玻璃珠、吹泡泡、丢手绢和老鹰抓小鸡等游戏。对于丢手绢，印象最深刻的还有那首儿歌，游戏是边唱儿歌边进行。儿童时的我胆小怕事，总不希望那块白手绢会丢在我的身后。老鹰抓小鸡算是童年时代比较刺激的游戏了。如果你当选为老鹰，你可以毫无顾忌地冲向鸡群，从队伍末端离母鸡最远的那只小鸡开始下手，逐一击破。当选母鸡的小朋友不但要顾及自己的安危，还要保护自己的鸡仔们。责任感这种品质像种子一样开始在小朋友的心里萌芽。周星驰的电影《功夫》里出现的竹蜻蜓也是小时候玩过的传统民间游戏，据说德国人就是根据竹蜻蜓的形状和原理发明了直升机的螺旋桨。

几年后，一种叫作"小霸王"的游戏机进入了很多家庭中。这种游戏机外形类似现在的键盘，键盘中都有一个卡槽，是用来插游戏卡带的。只要连接上电视，就可以开始玩游戏了。魂斗罗、超级玛丽、坦克大战，这些风靡一时的游戏就是从那时开始流行起来的。条件优越的家庭，父母都会把游戏机作为礼物送给小孩，这总会引起邻居家小朋友的羡慕。他们总会羡慕说："你父母对你真好。"听到那样的赞美，拥有那台游戏机的小孩心里总是美滋滋的，开心之情溢于言表。正是那台游戏机拉近了彼此的距离，收获了友情。每到周末，游戏机前围满了众多小伙伴，大家的眼睛齐刷刷地盯着电视机，专注的神情让人印象深刻。后来电脑慢慢在家庭生活中普及起来，电脑上的单机游戏和网络游戏开始把游戏带上了一个新的高度。毫无疑问，这都是科技带来的改变。

爱玩是人的天性，尤其是未成年人。对于正在上学的学生来说，他们常因自制力不够而无法平衡好学习和玩游戏两者的关系。游戏世界里充满趣味和挑战，带着无法抗拒的诱惑力，因此有些学生因为游戏而造成了学习退步和下滑。这对于那些望子成龙、望女成凤的父母来说是坚决不愿看到的。他们开始视游戏机为儿女成才的绊脚石，开展各种方法来改变之前的不良影响。对于父母来讲，他们总认为自己的孩子是最聪明的，如果孩子成绩不好，第一反应总是认为孩子是没有用心。他们对孩子的目标只有一个，即考上一所好的大学，只有这样，父母的各种操心才会变少。在目标未完成之前，任何阻碍成功的东西都是敌人，因此游戏在父母眼中是孩子成才路上的头号敌人。这场没有硝烟的战争从孩子上小学开始持续到高考结束之前，历时十几年。

前几天在市中心闲逛的我发现了广场上围满了近百人。按照以往的推断，我以为是某商家在做促销活动。之所以能吸引那么多人驻足关注，无非是不定时地派发一些赠品。但奇怪的是，作为看客的他们却出奇的安静，也并没有听到主持人在卖力地吆喝或是在和现场的观众热络地互动。我在好奇心驱使下围上去一看，原来现场正在举行一个叫作城市英雄争霸赛的活动。这是一款当下最火的在线竞技游戏，据统计，这款游戏全球同时在线人数最高超过750万人，每天上线的玩家可以聚集成一座大城市，总人数超过上海全市人口。在台上参赛的人群有一个特殊的身份叫作职业玩家，这是指专职的游戏人，依靠自己在游戏中的地位或造诣，经常参加游戏竞技类比赛，从游戏中谋取经济回报的一种职业。

比赛中，这些玩家们专注于眼前的那个显示屏，并没有因为现场庞大的人群而有所分心或是怯场，对于这样的场面仿佛早已司空见惯。这些玩家大多是20多岁，90后在里面占了很大的比重。这是一个吃青春饭的职业，因为不可能让一个人的一生都在这种紧张的气氛中度过。

都说行行出状元，游戏界的高手们通过自己的努力和天赋，在自己的领域站稳了脚跟。尤其是电子竞技类选手，通过赢得比赛奖金、商业代言和活动，以及其他收入，可以获得过百万的年薪，他们或成了自己领域的名人，或在比赛中取得了很好的名次，或用自己的

收入提高了家庭的生活水平。他们的父母因为孩子的出色和成功，想必发自内心地感到骄傲和自豪吧。

任何事物都有其两面性，不能因为事物有弊的方面就一棒子打死，认为该事物是不好的。事物的本身并没有错，关键在于如何使用以及适用的度。电脑和游戏作为新时代的产物，可以释放工作和学习压力，培养反应

能力和思维能力，增加人与人之间的一种情感交流，培养团队意识，丰富人们的业余生活。久而久之，玩游戏成了人们娱乐消遣的活动之一，其热门程度不亚于看电影、K 歌和旅行。

　　游戏源于生活，又通过自身独特的魅力改变着人们的生活。游戏与生活像是镜子中的两个面，我们看到的那一面是现实世界，我们的生活就是在这个现实的世界里，而游戏则是另一面，它折射生活中的人生百态，通过虚拟世界的平台呈现在现实中。我想其实无论是哪一个面，它们都是美好的。

THANKS

感谢每一个喜欢这本书的你，

是你们把力量给了我，

使我坚定了走下去的信念。

愿你们能用那双美丽的眼睛，发现这个世界不一样的美。